愛しきたくらみ

愁堂れな

JN267557

幻冬舎ルチル文庫

C O N T E N T S ✦目次✦

愛しきたくらみ

✦ カバーデザイン＝大野未紗
✦ ブックデザイン＝まるか工房

イラスト・角田　緑✦

愛しきたくらみ

1

「おぉ！　またかかったやないか。なんや、瀬戸内の真鯛《まだい》は面食いなんか？」

揺れる船の上、短パンにパーカーという、それまで高沢裕之《たかざわひろゆき》が目にしたことのないラフな格好をした八木沼賢治《やぎぬまけんじ》が——日本最大の規模を誇る暴力団組織『岡村組《おかむらぐみ》』の組長が、明るい笑い声を上げ、今、まさに全長五十センチ以上ある大きな真鯛を釣り上げた相手を見やる。

「面食いなら、兄貴の竿《さお》に食いつくでしょう」

ふふ、と笑いながら鯛を釣り針から外していた彼が——関東一の勢力を持つ広域暴力団『菱沼組《ひしぬまぐみ》』の第五代組長にして、八木沼とは兄弟杯を交わした間柄である櫻内玲二《さくらうちれいじ》が、兄貴分に向かい、鯛を掲げて見せる。

面食い、ということなら、この二人、どちらの竿に食いついても納得できる。心の中で呟《つぶや》きつつ、倦怠感《けんたいかん》に包まれていた高沢の目の前では、『色男』という、いささかレトロとも思える表現がこの上なく適した八木沼と櫻内が、釣り上げたばかりの鯛を見ながら談笑している。

まさに今、日本の極道界を背負って立つ二人の長の様子を前にする高沢の口からはいつしか溜《た》め息が漏れていた。

「なんや、高沢君、船酔いでもしたか？」

耳ざとく八木沼が聞きつけ、船室の入口に座る高沢を振り返って問いかけてくるその横で、櫻内が優雅に笑ってみせる。

「兄貴にご心配いただくまでもありません。単なる体力不足ですから」

「体力不足……あはは、なんや。惚気《のろけ》かいな。昨夜はぎょうさん可愛《かわい》がった、いうわけやな」

八木沼が高らかな笑い声を上げ、櫻内の背をどやしつけつつ、好色そうな視線を高沢へと向けてくる。

「ほんま、羨《うらや》ましいわ。ワシも床上手なボディガードを育成しようとしとるんやけど、なかなか難しくてなあ」

「…………」

果たしてどうリアクションをしていいのやら。固まってしまっていた高沢の視線の先では、櫻内がいつになく楽しげな様子をしている。

このところ櫻内の気持ちが沈みがちであることに、高沢も気づいてはいた。

高沢は自他共に認める『鈍い』男なのだが、そんな彼でもわかるほどあからさまに櫻内の元気がなかったというわけではない。表面上は少しも変わらず、どちらかというと今までより覇気があるように見せていたので、組内外で気づいている人間はそういないと思われる。

『鈍い』高沢が気づいた理由は、『唯一無二』の愛人として誰より櫻内の傍《そば》近くにいるから、という理由もあったが、櫻内の気持ちを沈ませている原因を知っていたからということのほうが大きかった。

ひと月ほど前、菱沼組の若頭補佐が中国マフィアから武器庫を守り名誉の死を遂げた。風《かざ》間黎一《まれいいち》という名の彼は櫻内の盟友であり、多くの組員から慕われていた彼の葬儀は『組葬』として仰々しく執り行われた。

だが、親友にして右腕である男を失ったから、櫻内の元気がない——というわけではなかった。それだけでも充分、落ち込む理由にはなるが、風間の死には別に理由があり、それが櫻内の気持ちを沈ませているのではないかと、高沢にはそう思えて仕方がなかった。

とはいえ、櫻内の気持ちを上向ける術を高沢は持たず、落ち込みに気づきながらも何もできないでいたところ、八木沼より櫻内に、新しいクルーザーを買ったので、瀬戸内海に真鯛を釣りに来ないかと誘いがあった。

八木沼からの招待を櫻内が受けないはずもなく、八木沼のリクエストということで高沢を伴い、こうして出かけてきた。

新しく八木沼が購入したというクルーザーは、高沢の想像を超えた大きなものだった。船についてまるで知識のない彼であっても、その大きさや凝った内装から、価格は九桁《けた》するのではと思わしめるほどの豪華さだった。

「よう来たわ。さあ、釣ろうやないか」

八木沼はどこまでも明るく、櫻内に接していた。

「兄貴、釣りは趣味でしたか？」

釣り竿を受け取りながら、櫻内が問うたとき、八木沼は一瞬なんともいえない表情をしたあとに、

「最近、目覚めたんや」

と片目を瞑《つむ》ってみせていた。

もしやこのクルーザーは、八木沼が櫻内を元気づける目的で購入したものかもしれない。高沢がふとそう思ったのは、八木沼もまた、櫻内の落ち込みに気づいている数少ない一人であったためだった。

彼の手にかかれば、櫻内の気持ちを癒《い》やすなど、容易《たやす》いことだったのだな、と心の中で呟く高沢の口からまた、溜め息が漏れそうになり、慌てて唇を嚙《か》んでそれを堪《こら》えた。

自分はもと刑事のしがないボディガード——の仕事も今や満足に果たせていないような状態である。一方、八木沼は日本一の規模を誇る組織の長にして、櫻内が『兄貴』と慕う人物である。

彼ができることがなぜ自分にはできない、と落ち込むことこそおこがましい。比較の対象にもならないじゃないか。

いつしか首を横に振っていた高沢は、視線を感じ、はっとして顔を上げた。

「一人百面相、えらい可愛いやないか」

どうやら高沢を見ていたらしい八木沼がにやりと笑い、横に座る櫻内へと視線を向ける。

「だいたい何を考えているかは想像がつきますがね」

八木沼に対し、苦笑してみせた櫻内が、じっと高沢を見つめてくる。

鋭い——目。

獣の目だ。餌《えさ》を前にした。

逃げようとしても決して逃げられるものではないその視線を前にする高沢の脳内でもう一人の自分の声が響く。

『逃げようとしているのか？　お前は』

自ら捕らわれようとしているのだろうに。自嘲《じちょう》するその声を聞く高沢の脳裏には、今、こうして自分が釣り竿を手にすることもなく、ただ座って二人を眺めていることしかできないでいる、その原因となった昨夜の行為が蘇《よみがえ》っていた。


八木沼の招待を受け、櫻内が高沢を伴い六甲にある八木沼宅へと向かったのは昨日のこと。

いつものように神部《かんべ》の運転する車にボディガード役の早乙女《さおとめ》を助手席に乗せ、兵庫県へと向かった櫻内は、これもまた『いつものように』車内で高沢に性的な悪戯《いたずら》を仕掛けてきて、早乙女や神部を赤面させていた。

こうしたところは『いつも』と同じではあるのだが、やはり櫻内は胸に空虚感を抱いているような印象を受ける。雄に延びてくる手を退け、胸に伸ばされた指を摑《つか》んで外させながらも高沢は、櫻内が『いつも』を演じているような気になり、自分もまた『いつも』を演じようとして、必死で抵抗してみせた。

もし、自分を抱くことで櫻内の気が紛れるのであれば、いくらでも抱かれるのだが。そんなことを考えてしまう己が信じられない、と呆然《ぼうぜん》としつつも抵抗を続けていたが、結局はいいようにされてしまった。

櫻内の前では計算などできない。彼の意のままになってしまう。それを言い訳にしているだけの自分がまた、情けない。

男が男に抱かれることに、高沢は未《いま》だ、慣れていない。抱かれるだけではなく、抱かれた結果、快楽を貪《むさぼ》っている自身に気づいたときには、頭を抱えそうになってしまうのが常だった。

認めれば楽になれるとわかっている。それでも認めることができない不器用な自分を、馬鹿だと思った。が、認めたら自分ではなくなるような気がして、愚かであることを承知した上で否定し続けていた。

車内では挿入こそされなかったが、何度となくいかされかけた。ヘビの生殺しのような状態になっていた高沢は、八木沼が用意してくれていた彼の邸宅の客間に入ったと同時に櫻内にふたつ綺麗《きれい》に並べて敷かれていた布団の上に押し倒され、唇を塞《ふさ》がれた。

「ん……っ」

既にジーンズの前は張り詰めていて、下着には先走りの液の染みができている。そうも昂《たか》まった状態で雄を握られてはもう、抵抗などできず、高沢は櫻内にしがみつき、声を殺して喘《あえ》いだ。

「声を堪えるなど……無駄な努力を」

はは、と櫻内が笑いながら高沢のシャツの前をはだけさせ、車内で弄《いじ》りすぎて赤く色づいていた乳首を口に含む。

「やぁ……っ」

強く噛まれ、堪《たま》らず喘いでしまった己の声の大きさに、その甘さに、自己嫌悪に陥りそうになっていた高沢だったが、再び乳首を強く噛まれ、彼の思考は途絶えることとなった。

「あぁっ……」

「それでいい。声を堪えるなど、愚の骨頂だ」

櫻内が満足げに笑い、またも高沢の乳首を強く噛み、手を下肢へと伸ばしてくる。

ジーンズの上から勃《た》ちかけた雄を揉《も》みしだかれ、堪らない気持ちが募って高沢は櫻内の頭を抱え込んだ。

「髪が乱れるだろう」

櫻内に苦笑され、はっとして腕を解く。

「気にするな」

櫻内はまた苦笑すると、高沢の乳首を強く噛んだ。

「んん……っ」

「声は我慢するなと言っただろう」

櫻内が不快そうな顔になり、より強く高沢の乳首を噛む。

「痛っ」

堪らず悲鳴を上げた高沢を見上げ、櫻内がニッと笑う。

「それでいい」

「痛いじゃないか……っ」

声を上げさせるために、強く噛んだというのか。非難の目を向けた高沢を櫻内は一瞬見つめたあと、ふっと笑い、高沢から手早くジーンズを下着ごと引き剝《は》いだ。

「あ……っ」

雄を直に握られ、勢いよく扱《しご》き上げられる。その瞬間にもいきそうになり、無意識のうちに身体《からだ》に力を入れて堪えた高沢の胸から顔を上げ、櫻内がニッと笑いかけてくる。

「煩《うるさ》いくらいに啼《な》かれるのが好みだ。もう、わかっているだろうに」

「や……っ……あ……っ」

先端のくびれた部分を扱き上げられたあと、先走りの液の滲《にじ》むところに爪を立てられる。

「あっ……」

強い刺激に堪らず声を上げた、そんな高沢を見上げて櫻内はにやりと笑うと、身体を起こし高沢の両脚を抱え上げた。

「車でさんざん解《ほぐ》してやったからな。すぐ挿《い》れてもいいだろう？」

にこやかに微笑《ほほえ》みながら櫻内がスラックスのファスナーを下ろし、黒光りする見事な雄を――竿に『真珠』を埋め込んだ、それは見事な雄を取り出してみせる。

「……っ」

ごくり、と己の喉が鳴ってしまうのが恥ずかしい。顔を伏せた高沢の目を覗《のぞ》き込むようにしながら櫻内は高沢の後ろへと雄の先端を押し当てた。

「や……っ」

挿入を期待し、内壁が自分でも驚くほどに収縮する。戸惑いと同時に欲情を覚えていた高沢は、声を漏らしたあとに、羞恥《しゅうち》からやはり唇を噛み、俯《うつむ》いた。

「恥ずかしがる必要がどこにあるんだか」

櫻内が苦笑しつつ、一気に高沢を貫いてくる。

「……っ」

奥深いところにいきなり雄を突き立てられ、一瞬、高沢の息が止まった。が、彼の呼吸はすぐさま始まった力強い律動に、再びいつも以上の激しさを見せることとなった。

「あ……っ……あぁ……っ……あっあっ……あぁ……っ」

自分が櫻内の望みどおり、声を抑えることもできず、高く喘いでしまっているのに最初高沢は気づかずにいた。己の鼓動の音が頭の中で響き、聴力が著しく落ちていたせいである。

朦朧《もうろう》としてきた意識の中、ここが八木沼の屋敷であり、外には警護役の組員が二名、待機しているという事実をふと思い出した。

「……っ」

はっとし、息を呑《の》んだ高沢の気配を察したらしく、櫻内が顔を見下ろし苦笑する。

「今更」

「……う……っ」

指摘されるまでもなく『今更』であるとは、高沢もまたわかっていた。今まで何度か八木沼邸には招かれており、その都度、外に警護役がいる状態で櫻内には抱かれてきた。

警護役の組員たちは、さすがといおうか、翌朝顔を合わせたときにも表情を変えることはない。とはいえ、だから羞恥を覚えずにすむというようには高沢の思考は働かないのだった。

高沢としてはここで羞恥を覚えるのが『普通』ではないかと思うのだが、櫻内にはそうした感覚が欠如しているらしく、車中、神部や早乙女がいようが高沢を抱こうとするのは日常茶飯事といっていいほどだし、いつかは峰《みね》という、やはりもと刑事でボディガードを担当していた男の前で唇を奪われたこともあった。

露悪趣味には付き合いきれないものがある——と高沢が櫻内を見上げた、その視線をかっちりと受け止めた櫻内は、馬鹿にしたように唇の端を上げて笑うと、抱えていた高沢の右脚だけを肩に担ぐようにし、やにわに激しく彼を突き上げ始めた。

「……っ……や……っ……あ……っ」

より一層深いところを力強く抉《えぐ》られ、快楽の波が一気に高沢に向かい押し寄せてくる。全身が火照《ほて》り、肌から汗が吹き出す。それでも熱は鎮まらず、脳までもが焼けるほどの熱さを覚えた結果、意識が朦朧としてきた。

「あぁ……っ……もう……っ……もう……っ」

遠いところでやたらと切羽詰まった男の声が聞こえる。悲鳴といってもいいほどの大きさで喘いでいるのが自分であるという自覚を持てるような状態には、既に高沢はいなかった。

「あぁ……っ……もう……っ……あーっ」

自分が、いやいやをするように激しく首を振っていることも、早く快楽を極めたいという願いから、甘えるような視線を櫻内へと送っていることも、まったく気づいていなかった。

「……お前は……本当に」

どれほど激しく高沢を突き上げていようとも、自身は息一つ乱していなかった櫻内が、視線を受け止め苦笑する。

「無自覚に俺を殺すんだからな」

「……え？」

櫻内が声を発したことで、高沢はふと、我に返った。何を言ったのか、と眉を顰《ひそ》めたと同時に櫻内の手が伸びてきて高沢の雄を握り込み、一気に扱き上げた。

「アーッ」

昂まりまくっていたところに受ける直接的な刺激には耐えられるわけもなく、高沢は達し、白濁した液を櫻内の手の中に飛ばしていた。

「……っ」

射精を受け、高沢の後ろが激しく収縮し、櫻内の雄を締め上げる。その刺激に櫻内も達したらしく、ずしりとした精液の重さを高沢は自身の中に感じた。

「……ん……」

常に充足感を与えてくれるその感触に、自分でも気づかぬうちに高沢の頬には至福を物語る笑みが浮かんでいた。

「…………だから、お前は……」

だがその直後、頭の上で響いた櫻内の舌打ちに、高沢ははっと我に返った。

「え？」

はあはあと息を乱しながらも、厳しい目をして自分を見下ろしてくる櫻内に問いかけようとしたのだが、櫻内に尚も高く右脚を抱え上げられ、ぎょっとして息を呑んだ。

「無防備すぎるぞ」

「……え……？」

何が、と問いたくても問えないような状況に、高沢はすぐに陥ることとなった。櫻内が達して尚、硬さを保っていた雄で再び高沢を突き上げてきたのである。

「待……っ」

待ってくれ、まだ息も鼓動も整っていないというのに、と非難の声を上げようとしたが、既に櫻内は高沢にかまわず激しい突き上げを始めていた。

「や……っ……あっ……あぁ……っ」

収まりかけていた欲情の焔《ほむら》が、高沢の体内で一気に燃えさかる。息苦しさを覚えながらも、その苦しさにより欲情を煽《あお》られていた彼は、その後、意識を失うまで延々と櫻内に攻め立てられたのだった。

「おおい、高沢君、大丈夫かぁ？」

ぼんやりと、昨夜の行為を思い出していた高沢は、八木沼が甲板から声をかけてきたのに、思考の世界から意識を戻した。

「あ、はい」

慌てて返事をした高沢の目に、満面の笑みを浮かべる八木沼と、その横で少し呆《あき》れ顔になっている櫻内の姿が飛び込んできた。

二人はもう、釣り竿を手にしてはおらず、どうやら陸に引き返そうとしているようである。

「なんや、目ぇ開けて寝とったみたいやな」

「躾《しつけ》がなっておらず申し訳ありません」

あはは、と高らかに笑う八木沼の横で、櫻内が頭を下げている。

確かに、招待された船の上で招待主に気を遣うこともせず、ぼんやり過ごすなど、失礼にも程がある行為である。

「申し訳ありません」

櫻内に倣い、高沢もまた頭を下げたあとに、立ち上がり、二人に向かっていこうとした。

「えええええ。今のうちに疲れを癒やしておくことや」

休んどき、と八木沼が手をひらひらとさせ、高沢の足を止めさせる。

「……？」

『今のうちに』？

疑問を覚えたのは高沢だけではないらしく、櫻内が端整な眉を顰め、八木沼の顔を覗き込む。

「兄貴？」

「いやあ、なんでもないわ」

あっはっは、と八木沼が高らかな笑い声を上げる。

「企《たくら》みごとですか？」

尚も訝《いぶか》しそうな目を向ける櫻内の背を、八木沼は勢いよくどやしつけた。

「そないこすいこと、ワシがすると思うか？」

「……しそうです。兄貴は」

余程の力だったのか、微《かす》かに顔を顰《しか》めながら櫻内がそう言い、八木沼を上目遣いに見上げる。

「そないな顔されると、おかしな気分になるやないか」

豪快に笑いながらも、八木沼の手が櫻内の背にしっかりと回っていることに高沢は気づき、つい、その手を凝視してしまった。

「なんや、今度はそっちから悋気《りんき》のオーラが漂ってきたわ」

と、八木沼が不意に高沢へと視線を向け、にや、と笑いながら、大仰な動作で櫻内の背に回した腕を解き、ぱっぱっと掌《てのひら》を開いてみせる。

「あ、いえ、その……」

そんなつもりはなかった、と慌てる高沢を見て、八木沼が更に高い笑い声を上げる。その横では櫻内が苦笑しつつ、高沢を見つめていた。

穏やかな顔だ——昨夜とはまるで違う櫻内の表情を見やる高沢の胸に、微かな痛みが走る。自分にはできないことを、八木沼は易々とやってのける。櫻内の傍にいても、彼の表情をああも和らげることは自分にはできなかった。

誰にもできないのなら、諦めもついた。実際高沢は諦《あきら》めてもいた。

しかし——。

できたのだ。人によっては。

高沢は今、心に鉛のような重さを抱えていた。微かな痛みをも呑み込むその重さは、いつしか和らぐ痛みとは異なり、しこりとなっていつまでも残り続けるもので、苦々しい思いが表れているかもしれない顔をいつしか高沢は伏せてしまっていたのだった。

間もなく日が沈むという時刻、港に到着したクルーザーを、幾台もの黒塗りの車が出迎えていた。

そのうちの一台に櫻内は八木沼と乗り込み、別の車に高沢は乗ることになったのだが、車の助手席には見覚えのある男が座っていて、高沢を振り返り会釈をして寄越した。

「……あ……河野《こうの》さん」

かつて世話になった、八木沼の所有する射撃練習場の責任者、河野の名を呼ぶと、河野は少し驚いた顔になったあと、頭をかきつつ再度会釈をして寄越した。

「これはどうも。まさか名前を覚えてもらっとるとは思ってませんで……」

「随分お世話になりましたから」

以前、八木沼のもとに身を寄せていた時期があり、その際には本当に世話になったのだった、と、高沢は微笑み、深く頭を下げた。

「……？」

顔を上げ、河野を見ると、なぜか彼は酷《ひど》く赤面している。どうしたのだ、と高沢が眉を寄せたのを見て、河野ははっと我に返った顔になると慌てた様子で咳《せき》払いをし、一旦、前を向いてしまった。

「??」

本当にどうかしたのか、と首を傾《かし》げていると、河野は再び高沢を振り返り、心持ち潜めた声で話し始めた。

「三室《みむろ》さんのことです。ご心配されているだろうと組長から言われまして」

「……あ……ありがとうございます」

さすが八木沼。だからこそのこの車割りだったのか、と心底感心していた高沢に河野が更に声を潜め、話し始めた。

「三室さんですが、今はまだ、神戸にいます。ですが、近いうちに香港に渡ろうとしています。散々、思い留まらせようとしたのですが、聞き入れてはもらえませんで……」

「……そう……ですか」

三室はもと警察学校の教官であり、最近まで菱沼組の射撃練習場の所長をしていた。高沢にとっては警察時代も、そして櫻内のボディガードになってからも頼れる存在だったのだが、ある事情から職を解かれ、高沢の前から姿を消してしまったのだった。

大怪我《おおけが》を負っていた彼はまだ傷が完全に癒えていないと思われるのだが、そんな状態でも義理人情に厚い彼は、香港で危機に瀕《ひん》している友人を救いに行こうとしているという。

一人で出向いたら自らの命も危ない。しかも、その友人の命は既に奪われている可能性が高い。

香港に旅立つ前に、なんとか三室と話をしたいと思っていた高沢は、その橋渡しを頼めないかと、河野に向かい身を乗り出した。

「河野さん、三室教官と会わせていただけないでしょうか」

「……それは……」

河野は即答を避け、暫《しば》し黙り込んだあと、抑えた溜め息を漏らしつつ口を開いた。

「……私の一存ではなんとも。ただ、私も三室さんには大変お世話になりましたから、みすみす無駄死にをさせたくはありません…………ここは組長に相談してからのお返事でよろしいでしょうか」

「わかりました。しかしそれで河野さんの立場が悪くなるようなことはありませんか？」

迷惑はかけたくない、と案じ、問いかけた高沢を、河野は一瞬、なんともいえない表情で見返したあと、また慌てた様子で咳払いをし、話し始めた。

「ご心配ありがとうございます。ウチは大丈夫です。しかしその、高沢さんのほうは、大丈夫なんでしょうか？」

「え？　あ……」

何が『大丈夫』なのかと問い返そうとした直後、河野の意図に気づき、高沢は小さく声を漏らした。

「……私もウチの組長に許可を得ることにしますので」

八木沼の許可を得られたとしても、櫻内が許可を下すかはわからない。それを案じたのだろうと高沢は察し、そう告げたのだが、河野の心配はそこにはないようだった。

「その……大丈夫ですか？」

「は？」

尚も心配げに問うてくる河野に、素でわからず高沢は思わず目を見開いた。

「あ、いや、その……」

みるみるうちに河野のごつい顔が真っ赤になっていく。またもわざとらしい咳払いをしたあと、河野は非常に言いづらそうにしつつ、高沢を見ることなく、こう告げたのだった。

「……三室さんの名を出すだけで、櫻内組長のご不興《ふきょう》を買われると聞いたことがありますので、その……それ以上のことをしようものなら、高沢さんの身に、ええと、なんといいますか……」

「…………」

手酷い『仕置き』を受けるのではないかと、河野は心配してくれているらしい。今度こそ本当に彼の意図を察した高沢の頬には珍しく血が上っていた。

「……お気遣いありがとうございます」

『仕置き』として高沢は、全裸で櫻内邸の地下室に繋《つな》がれていたことがあった。しかも貞操帯まで嵌《は》められた状態で、である。八木沼はそのことを知っていたらしいので、河野の耳にも入っていたのかもしれない。

大の男が、そのような目に遭わされていたことを知られるのは恥ずかしい、と高沢は俯いたため、河野が自分の顔を、暫《しばら》くの間ぼうっと見つめていることに気づかなかった。

運転手に咳払いされ、河野は慌てて前へと向き直り、その後は車中に沈黙が流れたものの、運転手と助手席の河野がちらちらと後部シートの自分に視線を浴びせてくることにも高沢は気づかず、車窓の外を流れる風景を見ながらただ、三室の無事を祈っていたのだった。

2

八木沼組長一行の車が到着したのは、瀬戸内海を一望できる小高い場所に建つ閑静な佇《たたず》まいの日本旅館だった。

看板を出していないので、最初、高沢は旅館と気づかなかった。誰かの屋敷かと思っていたのだが、車寄せに仲居たちが並んでいるのを見て旅館と察したのだった。

先頭の車に乗っていた八木沼と櫻内を仲居全員が『いらっしゃいませ』と頭を下げて迎えたあとに、女将《おかみ》らしい、際だった美人が前に立ち、中に迎え入れるのを眺めていた高沢は、自分の車が停まったときにも仲居らに頭を下げられ恐縮した。

河野も一緒かと思い、振り返るも、助手席の窓を開いた彼に、

「いってらっしゃいませ」

と頭を下げられ、一人で入るのかと納得した。

「ご案内いたします」

艶っぽい美人の仲居の先導で中に入る。フロントを通り過ぎ、更に奥へと進みながら仲居がちらと高沢を振り返ったのは、きちんと着いてきているかを確かめたから——というだけ

ではないようだった。

「………」

目に好奇心が滲んでいるのがわかる。彼女は何をどこまで把握しているのか。八木沼が連れてきたことを思うと、八木沼が誰かということは当然わかっているだろうが、彼が連れているのが櫻内だということまで知っているのか。

そして自分のことも――？　まさか、と思いつつ、いつしか彼女を凝視していた高沢の視線に気づいたのか、仲居が足を止め、申し訳なさそうに頭を下げて寄越した。

「大変失礼いたしました。つい、見てしもうて……」

「あ、いえ、こちらこそ」

無遠慮に見つめていたのはこっちだ、と慌てて高沢も頭を下げ返したのだが、そんな彼に仲居は、言い訳めいたことを口にし、再度頭を下げた。

「実は姉が今日、会合に出ておりまして、その……話を聞いていたもので」

「は？」

意味がわからない、と高沢が首を傾げている間に仲居は前を向き、「こちらです」と歩き始めてしまった。

今まで以上の早足になった彼女には、取り付く島がないなと思いながら高沢もあとを追う。

「どうぞ、こちらです」

仲居が高沢を導いたのは、大広間と思《おぼ》しき部屋だった。中がざわついているのがわかる。

「失礼いたします」

仲居が廊下に膝をつき、襖《ふすま》を開く。途端に目に飛び込んできた光景に高沢は声を失いその場に立ち尽くしてしまった。

三十畳はありそうな広間には、二十数名の女性がそれぞれお膳《ぜん》を前にずらりと並んでいた。老いも若きもいるものの、皆が皆、はっと目を引く『何か』を持っている、実に特徴的な女性ばかりだった。

モデルか女優のような美女もいれば、知性が前面に出ている理知的な女性もいる。一方、豪傑、としか表現し得ないガタイのいい女性もいるが、彼女たちの目が一身に自分に集まるのを感じ、動揺したあまり高沢は彼らしくなく、数歩、下がりかけてしまった。

「あっはっは、怖がらんでええで。さあ、こっちに来ぃや」

と、上座に座っていた八木沼が明るく声をかけ、大きく手招いて寄越した。

「どうぞ」

仲居に促され、高沢は室内に足を踏み入れた。二十数名の女性の視線を浴びながら、八木沼と櫻内のもとへと向かう。

上座にはその二人の他にもう一席、用意されていた。左に八木沼、右に櫻内が座り、真ん中の座布団が空いている。

まさかそこに座れというのか、と躊躇《ちゅうちょ》し足を止めた高沢の腕を、八木沼が身を乗り出し、摑んでくる。

「ええから、座りや」

強く腕を引き、高沢を強引に自分と櫻内の間に座らせると、八木沼は柏手《かしわで》を打ち、場の注目を集めた。

「それじゃ、頼むで。このあとの仕切りは志津乃《しづの》に任せるさかい」

八木沼はそう言ったかと思うと、櫻内に目配せし、立ち上がった。

「え？」

何が起こっているのか今一つ把握できず、高沢が啞然《あぜん》としている間に、八木沼に声をかけられた櫻内も立ち上がっていた。

「ワシらは別室で、しっぽり飲ませてもらうわ。ほな、志津乃、あとは頼んだで」

八木沼が櫻内の肩を抱き、部屋を出ていく。

「あ、あの……っ？」

それなら自分も、と高沢が立ち上がりかけたそのとき、近くに座っていた和装の女性が声をかけてきた。

「高沢さん、お疲れのところ、申し訳ありませんなあ」

「え？　あ……あの……」

にっこり、と高沢に微笑みかけてきたその女性が、『志津乃』であると思われる。年齢は『不詳』としかいいようがなかったが、そう若くはなさそうだった。

仇《あだ》っぽい、というか艶《つや》っぽいというか、とにかく独特の雰囲気のある女性だった。素人には見えない。だが、ホステスか、というと少し違う気がする。

戸惑いの表情を浮かべているのがわかったのか、彼女はまた、にっこりと微笑むと、三つ指をつき頭を下げつつ自己紹介をしてくれた。

「お初にお目にかかります。志津乃、いいます。八木沼さんには三味線を教えさせていただいとります」

「……は、はじめまして」

透明感のある白い肌と紅い唇に目を奪われ、声が上擦《うわず》ってしまったことを高沢は恥じ、俯いた。そんな彼を相変わらずじっと眺めていたらしい室内の女性たちの間で、さざめくような笑いが起こった。

「司会進行、なんて役目、果たせそうにないんやけど、まあ、堅苦しいことはさておき、なんでも聞いておくれやす」

京都の女性なのだろうか。にこやかに微笑み志津乃がそう告げたあと、じっと高沢を見つめながら、思ってもいない言葉を告げる。

「姐さんになる心構えを聞きたい、いうことでしたな。八木沼組長の声がけで、ここには岡村組の二次団体、三次団体の組長夫人が揃《そろ》うております。いわば岡村組の『婦人会』どすな。そやし、なんでも知りたいこと、聞いておくれやす。彼女らで役に立つことでしたら、なんでも答えさせてもらいますよって」

「そ、そう言われても……」

何がなんだかわからない。未だ、状況を把握できず、戸惑いまくっていた高沢の前で、二次団体、三次団体の組長夫人――所謂《いわゆる》『姐《あね》さん』の一人が挙手し、志津乃に対し発言をした。

「志津乃さん、私らから高沢さんに、質問するいうんはあかんの？」

「どないな質問、するつもりですの」

志津乃は苦笑したあと、再び高沢に視線を向けてきた。

「よろしいおすか？　高沢さん」

「え？　あの……すみません、正直、何がなんだかさっぱり……」

わかっていないのだ、と告げた高沢を志津乃はじっと見つめたあと、すぐににっこりと笑い、頷《うなず》いてみせた。

「そないなことでしたら、皆の質問、受けるほうがええかもしれませんな」

「は？」

ますます意味がわからない。問い返した高沢の視線を受け止めることなく、志津乃は姐さんたちに向かい、声を発した。

「そしたらこっちから質問、させてもらいましょ。弥生《やよい》ねえさん、質問、あるんやないですか？」

志津乃が声をかけたのは、最初に高沢に対し声を上げた、最前列にいたいかにも気の強そうな、派手目の女性だった。

「ええの？　おおきに」

弥生という名らしい彼女がニッと笑ってみせたあとに、高沢に向かい身を乗り出し、問いかけてきた。

「はじめまして。弥生、いいます。高沢さんに是非、聞きたいんやけど」

「え？　あの……」

グイグイくる彼女にタジタジとしながらも問い返す高沢に対し、ますます身を乗り出してきながら弥生が問いを発する。

「どないしたら、組長の愛情、一身に集めることができるんやろか」

「えっ？」

まさかそんな問いをしかけられるとは思わず、絶句した高沢に向かい、他の女性たちもまた口々に質問をぶつけてきた。

「唯一無二の愛人なんですよね？　どないしたらそうなれますのん？」

「ウチのはもう、あかんのですわ。愛人が片手の指では足りしません。せめて片手に収まるようにしたいんやけど」

「組長の愛を繋ぎとめるにはどないしたらええか、是非、教えてほしいわ」

「……………」

答えようのない質問に声を失っている高沢を見て、志津乃は苦笑めいた笑みを浮かべたあとに、ぐるりと一同を見渡し口を開いた。

「それは高沢さんに聞いても、わからんのとちゃうやろか。計算しとるようには見えへんし」

「……ほんまや」

「羨ましいなあ。無自覚にハートを射止めてる、いうんが」

志津乃の言葉に、『姐さん』たちは口々に溜め息を漏らし、言葉どおり羨ましげな視線を高沢に向けてくる。

「……………」

ますます、どういう対応をしていいかわからなくなっていた高沢に、志津乃は任せてほしい、というように微笑み、頷いてみせてから、再び『姐さん』たちに向かい、口を開いた。

「八木沼組長からは、高沢さんに『姐さん』としての心構え、みたいなもんを伝授してほしい、言われとります。弥生さん、姐さんとしての心構え、教えてもらえます？　私は『姐さん』やないし」

「いややわ。志津乃さんは実質的には姐さんやないの。籍入れてるか入れてへんかだけの問題で」

慌てた口調で弥生はそう言ったあと、

「せやね」

と考え考え話し始めた。

「心構えいうんはようわからんけど……まあ、アレと同じようなもんやな。相撲部屋の女将さん」

「わかるわー。相撲部屋。ほんま、そんな感じやね」

横から弥生より随分と若い『姐さん』が同意の声を発する。

「組員皆のお母さん、みたいな感じやないですか？　こんなむさい息子、産んだ覚えないっちゅうねん、みたいな」

「あはは、せやね。そないな感じ、あるわ」

弥生が笑い、他の『姐さん』たちもまた、同調する。

「どっしり構えてないとあかん、いうか」

「せやなあ。愛人が何人いようが、組長が最後に頼るんは自分、くらいの心持ちでおらんと、やってられへんわ」

「実際、愛人はなんの責任も取ってくれへんしなあ」

「ええとこどりや。ほんま、むかつくわ」

この場にいるのが『正妻』だからだろうか、皆の語気が荒くなる。

愛人と正妻——確執は生まれそうだよな、と思っていた高沢の胸が、ちくりと痛む。

自分は『正妻』には逆立ちしてもなれない。『愛人』という立場以外、許されてはいない。

なのになぜ、八木沼は自分に『姐さん』としての心構えなど、聞かせようとしたのだろう。

嫌がらせ——ではないと思われる。ではなぜだ、と一人首を傾げていた高沢は、ふと視線を感じ、顔を上げた。

視線を向けてきていたのは志津乃で、目が合うとにっこりと微笑み、頷いてみせる。

「まだ、日本は同性婚、認められてないですもんね。そら、仕方ないですわ」

「ああ、かんにん。志津乃さん。そないな意味ちゃうんです。私らが言うとるのはなんちゅうか、ほら、旦那がふらふらーっと、若い女の色香に迷う、いうか」

「そうです。物珍しさからつい、ふらふらーっと、よろめいてまう、いうパターンですから」

「？」

この、皆のフォローはなんなのだ、と高沢はつい、志津乃を見つめてしまった。

「ふふ、姐さんは皆、優しいですわなあ」

苦笑めいた笑みを浮かべた彼女がそう言い、ぐるり、と座を見渡す。

「……八木沼組長は十年前に、長年連れ添われた奥様を病気で亡くされてましてな……組長にとっての『正妻』はそのかたのみ、いうことらしいんですわ」

「それは……」

そういえば八木沼には『姐さん』が不在なのではないか、と思ったことがあった、と高沢は今までのことを思い起こしていた。

八木沼邸で女性の影を感じたことはなかった。『あって当然』だという認識がなかったため、まるで気づかずにいたものの、『組長』には『姐さん』が必要なのだとしたら、随分と不自然だったのだなという今更の自覚をしていた高沢は、それは櫻内もまた同じか、ということにも気づかざるを得なくなった。

「………」

高沢と出会う前、櫻内には大勢の愛人がいたという話をかつて早乙女から聞いたことがあったが、妻帯していたかどうかは確かめたことがなかった。

『していた』という可能性もあったのだ、ということに初めて思い至った。果たしてどうなのか。櫻内もまた、若い頃に妻を亡くし、そのため結婚せずにいるのだろうか。

いつしか一人黙り込み、そんなことを考えていた高沢は、志津乃に声をかけられ、我に返った。

「高沢さん、どないしはりました？　ご気分でも悪くなられましたか？」

「あ、いえ、すみません、ちょっとぼんやりしてしまって……」

こんな中で、ぼんやりできる自分が信じられない。照れもあり、少し笑ってしまった高沢を前にし、『姐さん』たちが一斉にざわついたのがわかった。

「……？」

食い入るように自分を見つめる彼女たちは、何かに驚いている様子である。違和感を覚え高沢は、どうしたことか、と志津乃を見やった。

志津乃もまた、高沢の顔を凝視していた一人だったが、視線を向けると我に返った顔になり、ほほ、と笑い声を上げる。

「いややわ。高沢さん、反則」

「え？」

何が反則だというのか、と眉を顰めた高沢の耳に、弥生ら『姐さん』たちのざわつく声が響いてきた。

「見た？」

「見たわ。いやあ、今まで正直、ようわからん思うとったけど、アレやな」

「ときめいてもうたわ。もういっぺん、見たいわあ」

何を騒いでいるのかわからず、尚も眉を顰めた高沢に向かい、志津乃が苦笑しつつ声をかけてきた。

「かんにん。どうか気にせんといてください。それよりもしかして高沢さん、櫻内組長のことを気にしはったんやないですか？」

「え？」

図星を指され、動揺する高沢を見て、志津乃がにっこりと笑う。

「ずっと独身やったと聞いとります。愛人はぎょうさんおったけど、今は一人に入れあげとるとも」

ここで志津乃がにこぉ、と笑い上目遣いに高沢を見上げてくる。

「………」

その『入れあげ』られているのはあなたでしょうに、と言いたげな彼女の視線を前にし、高沢の頬には珍しいことに血が上ってきてしまった。

「まあ、可愛い」

「ほんまや。初心《うぶ》やねえ」

それを見て、『姐さん』たちが一斉に冷やかしの声を上げる。

初心ということはないと思うのだが、と高沢は頭を掻《か》きながら、騒ぎが収まるのを待った。

刑事だった頃には、水商売の女性から事情聴取をするなど日常茶飯事だったし、女性に対して苦手意識を持つことはなかった。得意分野でもなかったし、仕事を離れたところで特定の女性と付き合うこともなかったが、それでも女性を『苦手』と思ったことはなかった。

『人付き合い』は苦手としていたが、そこに男女差はなかった。しかし、こうなってみると、女性はやはり苦手かもしれない、と首を竦《すく》めていた高沢を救ってくれたのは、今回もやはり

志津乃だった。

「ほらほら姐さんたち、そない、いけずなことしたらあきません」

ぽんぽんと両手を叩《たた》いて場を鎮めると、高沢に「申し訳ありません」と頭を下げて寄越した。

「いえ、そんな……」

いたたまれなさから口ごもった高沢は、今すぐにもこの場を逃げ出したい衝動に駆られていた。

爛々《らんらん》と輝く『姐さん』たちの視線を浴び続けるのも限界となってきたのである。

と、まさにそれを見越したように、すっと襖が開き、再び八木沼が櫻内を伴い部屋に入ってきた。

組長の入室に、それまでざわついていた室内は一気に鎮まり返り、『姐さん』たち皆が居住まいを正す。

「畏《かしこ》まらんでええで。志津乃、どうや？」

八木沼は既に酔っているようだった。赤い顔で志津乃に声をかけつつ、高沢の隣にどっかと座る。

「高沢さんの魅力にすっかり当てられてもうて、『姐さん』談義までには至りませんでしたわ」

かんにん、と頭を下げる志津乃に八木沼が「あかんて」と声を潜め——といっても、酔っ払いの常として、少しも潜められてはなかったが——声をかける。

「そないなこと言うたら、お仕置きされてしまうがな」

「あら」

志津乃がわざとらしく『しまった』という顔になったあと、高沢を挟んで八木沼とは逆隣に座った櫻内へと笑顔を向ける。

「高沢さんのほうは可愛らしいヤキモチ、妬《や》いてはりましたえ」

「ほう、そうですか」

櫻内が目を見開きそう答えたあと、ふっと微笑む。

見惚《みほ》れずにはいられないその笑顔に、室内は、ほぅ、という溜め息で満たされる。

「なんやみんな、色男には弱いなあ」

八木沼が呆れた声を上げるのに、やはり見惚れてしまっていた志津乃はバツが悪そうな顔になりつつも、

「あなたかて、見惚れていらしたやないの」

と揶揄《やゆ》して返し、さすが『姐さん』だなと高沢を感心させた。

「色男には弱いさかいな」

八木沼もまた揶揄で答えると、視線を高沢へと向け苦笑してみせた。

「？」

なんだろう、と問おうとした高沢の背後で、櫻内が立ち上がる気配がする。

「兄貴、我《わ》が儘《まま》言ってすみません」

櫻内はそう言うと、高沢の腕を引き立ち上がらせようとした。

「え？」

「帰るぞ」

「……っ」

強く腕を引かれ、立ち上がることとなった高沢に、赤い顔をした八木沼がにやけて声をかけてくる。

「可愛い愛人がアマゾネス軍団に苛《いじ》められとる思うと、心配でたまらん、言うてな。二人で飲んどっても上の空やったんやで」

「あら、ひどい」

志津乃が口を尖《とが》らせるのを横目に、櫻内が首を横に振りつつ口を開く。

「兄貴、出鱈目《でたらめ》はやめてください。コレが不調法ゆえ、失礼があっては申し訳ないと、そう言ったはずですが」

櫻内もまた少し酔っているのか、白皙《はくせき》の頬を微かに紅潮させつつ、軽口めいた言葉を返し、八木沼に笑いかけた。

「あかん。反則やろ」

先ほど高沢が志津乃から言われた『反則』を今度は八木沼が櫻内に告げている。仲の良い証拠かもしれない、と高沢が思っているうちに手を取られていた櫻内が歩き始めたため、足下がよろけてしまった。

「おっと」

すかさず櫻内が高沢の腰を抱き寄せる。

「きゃあ」

「あかん、映画みたいやわ」

『姐さん』たちの嬌声《きょうせい》が響く中、先導のために立ち上がった志津乃に続き、高沢は櫻内に腰を抱かれた状態のまま部屋を出た。

「お恥ずかしいところをお見せしまして」

失礼いたしました、と丁寧に詫《わ》びつつ、旅館の出入り口へと廊下を進んでいく志津乃に櫻内は微笑みを返しただけで、八木沼に対するような軽口を叩くことはなかった。

車寄せには既に、運転手の神部と早乙女が車の前で畏まって待機していた。

「兄貴によろしくお伝えください。大変世話になりました、と」

車まで見送ってくれた志津乃に対し、櫻内はどこまでも丁重に接していた。志津乃を八木沼の『姐さん』と認めてのことだろう、と思いつつ、高沢もまた彼女に対し、深く頭を下げた。

「畏まりました。お伝えいたします」

志津乃も丁寧に頭を下げ返し、車が出たあともずっと見送ってくれていた。

暫く走ったあと、櫻内が高沢に問うてきた。

「どうだった？」

「どう？」

今また、櫻内の手は高沢の腰にしっかり回っている。問い返しながら高沢は、櫻内が聞きたいのは例の『婦人会』での内容か、と察し答えようとした。

「……あ……うん」

しかし、何をどう話せばいいのかと迷い、口を閉ざす。

「『姐さん』の心構えは聞けたのか？」

高沢の腰を抱き寄せながら、櫻内が耳許に囁《ささや》いてくる。

「……聞けた……というか、聞けなかった、というか……」

「なんだそれは」

高沢の、答えになっていない答えを聞き、ふふ、と笑う櫻内の息が耳朶《じだ》にかかる。

ぞわ、という刺激が背筋を上り、思わず身体を強張《こわば》らせた高沢の耳許で、また、櫻内はふふ、と笑うと、高沢の腰を抱く手に力を込め、唇をこめかみに押し当ててきた。

「……っ」

「苛められたか」

「いや、そうじゃなく」

慌てて言い返した高沢の横で、櫻内が噴き出す。

「冗談だ。あれは兄貴の先走りだからな。お前を『婦人会』に招き入れようという」

「……え？」

問い返した高沢の顔を覗き込み、櫻内が呆れた声を上げる。

「なんだ、忘れたか。前に誘われていただろう？　『婦人会』に招きたいと」

「あれは……冗談なのかと思っていた」

覚えてはいたが、と我ながら言い訳めいていると思いつつ答えた高沢の顔を、尚も櫻内が覗き込んでくる。

「兄貴は冗談は言わないさ。お前を本気で『姐さん』にしようとしている。俺のな」

「姐さん……」

呟いた高沢の頭には、『無理だ』の一言が浮かんでいた。

自分が男であるから、というのは大前提ではあるが、それ以上に『無理』と思ったのは、先ほど『婦人会』で聞いた話が頭にあったためだった。

『姐さん』というのは組員皆の『母』的存在であるものだという。

『母』というのは当然たとえで、組員たちを精神面で支えるような存在たれ、ということだろうと高沢は解釈したのだが、その解釈だと自分は最も適さない人間だと判断せざるを得なかった。

組員たちの多くはまだ、もと刑事、しかも冴えない外見をした『男』が、櫻内の『唯一の愛人』であることに対し不満を抱いていると、高沢自身、よくわかっていた。

そんな自分がいくら『頼れ』と両手を広げたところで、皆、背を向けるに決まっている。しかも自分は他人に対し、両手を広げられるような性格ではない。

何から何まで、無理だ。溜め息を漏らしそうになっていた高沢は、まるでこれでは自分が『姐さん』になろうとしているようではないか、と気づき狼狽《うろた》えた。

「ん？」

じっと高沢の顔を見ていたらしい櫻内が、目を細めて微笑み、問うてくる。

「どうした？」

「……いや……」

動揺が高沢を混乱させ、気づいたときには言うつもりのない言葉を告げてしまっていた。

「俺に姐さんは……荷が重い」

「は？」

高沢の言葉を聞き、櫻内はらしくなく高い声を上げた。運転席の神部と助手席の早乙女が、びくっと身体を震わせる。

その直後、櫻内は哄笑《こうしょう》といっていいほど、高らかな笑い声を上げると、やにわに高沢をシートの上に押し倒した。

「おい……っ」

急に何を、と暴れる高沢の唇を櫻内が笑いながら塞いでくる。

「まさかお前の口から、そんな言葉を聞こうとは」

キスの合間に、櫻内が笑いを堪えた声でそう言い、高沢をじっと見下ろす。

「笑った。本当にお前は……面白すぎるぞ」

くすくす笑いながらも櫻内が、高沢の下肢へと手を滑らせ、スラックスの上から雄をぎゅっと握り締める。

「よせ……っ」

こんな、車の中で、とその手を摑もうとした高沢を易々と組み敷くと櫻内は、くすくすと笑い続けながら昨夜の疲れを未だ癒やしきれていない高沢の身体に、尚も疲れを宿すことになる行為へと進んでいったのだった。

3

帰京したその日、高沢は一日、ベッドから起き上がれないような状態だった。

翌日、ようやく体調を戻した高沢は、朝食の席で櫻内に、いつになったらボディガードに復帰させてもらえるのかと問いかけた。

「なんだ、またその話か」

朝から血の滴るような分厚いステーキにナイフを入れていた櫻内が、あからさまに煩そうな顔になる。

「もう体調も戻った。ローテーションに戻してもらいたい」

復帰を訴えても櫻内は、

「そのうちにな」

今日もそう答えるだけで、具体的にいつ、と告げることはなかった。

「そのうちとは？」

突っ込めばますます機嫌が悪くなることはわかっていたが、高沢としてもそろそろ限界を迎えようとしていた。

このままなし崩し的にボディガードの職務を取り上げられるのは困る。銃の腕なら、誰にも負けない自信はあった。それを活かしたいという気持ちがなぜ、櫻内には通じないのだろうか。

銃でなら、確実に役に立てるのに——もどかしさから高沢は、不興を買うことがわかりながらも櫻内に粘ってみせた。が、櫻内は再び、

「そのうちに、だ」

と答えるのみに留《とど》め、その後、口を開くことはなかった。

その日、櫻内は金沢で行われる会合に出席するため、朝食後すぐに家を出た。

「戻りは夜中になる」

そう告げ、高沢の顎を捉えると上を向かせ、唇を塞いできた櫻内に対し高沢は、

「行ってらっしゃいませ」

と、我ながらふて腐れた声で告げ、櫻内の苦笑を誘った。

「ひやひやしたぜ。今朝は組長のご機嫌がよかったからと、時間がなかったから、無事にすんだんだろうがよう」

櫻内が出かけたあと、朝食のテーブルを片付けながら早乙女が呆れた口調で高沢に声をかけてきた。

「まあ、俺としてもあんたの復帰を願ってるんだけどよ。じゃねえといつまでたっても俺も

復帰できねえわけだし」

いかにも不満そうに口を尖らせる早乙女は、櫻内への心酔度では組内で一、二を争うといってもいいレベルにいた。

今まで彼は櫻内のボディガード——高沢のように離れた場所から銃を持って守るのではなく、櫻内の極近くに控え、文字通り身体を張って櫻内を守る、いわば盾役となるボディガードを任されていた。

が、今、早乙女が守っているのは櫻内ではなかった。櫻内に高沢の警護役を任ぜられた彼は、高沢に向かい恨み言を言う毎日をこのところ送っていたのだった。

「あんたがそういう心づもりだから、なかなか仕事に復帰できねえんじゃねえの？　てか、前から思ってたんだけどよ、もう愛人一本でいいじゃねえか。何が不満なんだよ。地下に射撃練習場まで作ってもらってよう」

早乙女の口撃が激しくなる。彼としては今までどおり櫻内の警護につきたいところを、その櫻内から高沢の警護役を任ぜられ、腐っているのである。

愛人としてずっと家に籠《こ》もっているのであれば、見張り役など不要だろう、と早乙女は思い込んでおり、そのためにも愛人一本にしてくれ、とことあるごとに要請してくる。

最初のうちは、高沢も早乙女が不満に思う気持ちがわかるだけに、正直、不快に思いながらも流してきた。

だが今日は、櫻内にまるで相手にされなかったことに苛立《いらだ》っていたせいもあり、珍しく早乙女に言い返してしまったのだった。

「俺はボディガードとして雇われたんだ。仕事をしなくていいというのはクビ宣告になるはずだ」

「クビじゃねえよ。クビどころか、『姐さん』に昇格したってことだろ？　もういい加減、大人しく家にいりゃあいいじゃねえかよ」

高沢の言葉に被せ、早乙女が尚も反論してくる。いいわけがあるか、と言い返したいのを高沢は堪えると、そのまま地下にある射撃練習場へと向かった。

早乙女と言い争うことでお互いの苛立ちが募ると予測したためである。

渋谷区は松濤《しょうとう》にある櫻内邸の地下には、高沢のための射撃練習場が整えられていた。ここでは好きなだけ銃を撃つことができたが、高沢にとってこの場所は『心地よい』とは言いかねる場所だった。

というのも、射撃練習場が完成する、その直前まで彼はここで櫻内により全裸に貞操帯、という状態で緊縛されていたためである。

どうしても地下のこの部屋に入ると、そのときの自分の姿を思い出してしまう。

プライドも何もない、惨めさに打ちひしがれた日々の記憶は、屈辱感は、高沢の胸の奥深いところまで浸透しており、簡単に拭い去ることができないでいた。

既に室内には手枷《てかせ》などない上に、あらゆる種類の銃は揃っているし、命中率がすぐさま表示されるというように小規模ながらも最新式のシステムが導入されていて、射撃練習の場としてはこれ以上望むものはないというほどの完成度ではあるものの、どうも的に向かう気になれない。

硝煙の匂いを嗅《か》げば気も紛れるかも、と何度か銃を手にしたこともあるのだが、数発撃っても調子が出ずにやめてしまうということを数回繰り返した。

練習場を使っていないことに、櫻内は気づいているに違いなかった。が、特にコメントはしてこない。それで高沢も言い訳をせずにすんでいるのだが、もしや櫻内が言ってこないのは、自分に言い訳をさせないためではないかと思わなくもなかった。

今日もまた、銃を構えてはみたものの、やはり撃つ気にはなれず、すぐに銃口を下ろしてしまった。

とはいえ銃は撃ちたい。握り締めたままの銃を暫くの間高沢は眺めていたのだが、ふと、場所を変えればいいのでは、ということに気づき、すぐに顔を上げた。

そうだ。奥多摩の練習場に行ってみよう。

以前櫻内からは、新しくなった練習場には行く必要がないだろう、と釘《くぎ》を刺されてはいた。が、『行くな』と禁じられたわけではない。

新しい射撃練習場には峰がいる。峰には三室についての相談もしたかった。今日はちょうど、櫻内も夜中まで戻らないと言っていたし、いい機会かも、と思いついたと同時に高沢は銃をしまうと、逸《はや》る気持ちを抑えつつ自室へと戻った。

仕度をすませ、玄関に向かおうとすると、慌てた様子で早乙女が駆け寄ってきた。

「どこ行くって？」

「射撃練習場」

「はぁ？　あんた、何言っちゃってるんだ？　射撃練習場って、あんた専用のが地下にあんだろが」

心底呆れたように言い返してきた早乙女だったが、高沢が、

「広いところで撃ちたいんだ」

と答えると、ますます呆れた顔になったあとに、大声を上げた。

「冗談じゃない！　連れていけるわけないだろ？　地下で我慢しとけよ。組長からは禁止されてるんだろ？」

「禁止はされていない。行くといい顔をされないだけで」

「いい顔されないのは『行くな』ってことなんだよ！」

アホか、と更に大きな声を張り上げる早乙女の制止に、高沢は従うつもりなどなかった。

「組長が何を考えているかは、当人に聞かなければわからないだろう。その当人は今日は終日不在だ」

「不在だからってなあ、バレるんだよ。確実に。俺は嫌だからな。そんな、組長の意向に背くようなことをするのは……っ」

喚《わめ》く早乙女に対し、高沢は一言、

「わかった」

と頷くと、尚も外へと向かおうとした。

「だから！」

早乙女が慌ててあとを追ってくる。

「行くなって言ってんだろ」

「お前は来なくていい。俺は行くから」

櫻内から『禁止』されているのならともかく、『禁止されていると思われる』というのは早乙女の判断である。その判断に従う義理はない、と、高沢はきっぱりと言い切ると、前に立ちはだかる早乙女を避け、外へと向かおうとした。

「そうじゃねえんだよ。俺は今、あんたのボディガードなんだぜ？　離れるわけにはいかねえだろうがよう」

「いらないよ。俺もボディガードだ」

自分の身くらい護れる自信はある、と高沢は言い捨て、一人で家を出かけたのだが、物凄《ものすご》い形相の早乙女に腕を摑まれ、咄嗟《とっさ》に彼を睨《にら》んだ。

「組長から言われてるんだよ！　あんたから目を離すなってな」

きつく睨みすぎたのか、早乙女がバツの悪そうな表情となり、高沢の腕を離す。

「……なら、一緒に行こう。今日、組長の帰宅は早くても夜中だ。夕食までには帰るようにするから」

早乙女にとって、櫻内の命令は死守すべきものである。振り切ることは不可能だろう。なら連れていくしかない。自分も妥協したのだから、と高沢は早乙女に妥協を求めることにした。

早乙女は不満そうに口をへの字に曲げ、暫し考えていたが、高沢がじっと顔を見つめていると、いたたまれなくなったのか、

「ああ、もう、わかったよ」

と天を仰いだ。

「組長には言うなよ？　っていっても絶対バレそうだけどな」

俺は止めたんだからな、としつこいくらいに繰り返すと早乙女は、

「仕度するから待ってろ」

と言い捨て、五分ほどして戻ってきた。

「…………」

射撃練習場に行くとわかっているだろうに、バシッとスーツなど着込み必要以上にめかし

込んでいる印象がある。

果たしてその理由は？　と疑問に思っているのがわかったのか、早乙女はみるみるうちに顔を真っ赤にしつつ、ぶっきらぼうにこう吐き出した。

「うっせーな。特に意味はねえよ。間違ってもあんたと出かけるからとか、思うんじゃねえぞ？」

「思うわけがない」

何を言いだすのか、と噴き出した高沢を前に、早乙女はますます顔を赤くすると、

「ほら、行くぞ」

と先に立って歩き出した。

自分はボディガードだから、と早乙女は、最近自分の下に入れた加藤蘭丸《かとうらんまる》という若い組員に運転を任せた。

『蘭丸』と早乙女が呼びかけているのを聞いたとき、高沢はてっきりあだ名か、もしくは以前ホストクラブにでも勤務しており、その際の源氏名かと思っていた。蘭丸というのは、そう思わせるような、女性受けのする顔立ちの金髪の若者なのだが、実は『蘭丸』は本名であり、彼の前職は自動車の整備工で、地方の工業高校卒業後、上京して勤め始めてはみたものの、先輩に苛められたことで勤め先を辞め、くさって早乙女に絡んだところを逆にやり込められた結果、早乙女の強さに惚れ込んで舎弟になったという話だった。

早乙女が面食いであることは高沢も気づいていたが、彼に人望があることには正直、気づいてはいなかった。しかし、渡辺《わたなべ》にしろ蘭丸にしろ、自ら望んで舎弟になったところをみると、それなりに下からは慕われる要素があるようだ、と納得せざるを得なかった。

蘭丸は整備工という職業を選んだことから推察できるように、車が好きで運転も得意にしていた。

「奥多摩ですね」

都内の地図はすべて頭に入っているということで、ナビを見ることもなくスムーズに車を発進させる。

「兄貴、俺も銃、撃たせてもらえますかね？」

渡辺は内向的な性格だったが、蘭丸は随分と屈託がないようで、積極的に早乙女に話しかけている。

これは可愛く感じるだろう、と、助手席に座る早乙女を見るとはなしに見やると、彼は高沢の視線に気づいたらしく、

「馬鹿野郎」

と蘭丸の頭を叩いた。

「銃なんて十年早いわ」

「今の、シャレですか？　兄貴面白いっすね」

けらけら笑う蘭丸を見て、高沢は思わず噴き出してしまった。

「うぉっ」

バックミラーで高沢を見たらしい蘭丸が、素《す》っ頓狂《とんきょう》な声を上げ、ブレーキを踏む。

「……っ」

がくん、と身体が前に投げ出されそうになったのを、シートベルトが支える。

「てめえ、何してやがんだよ」

早乙女が再び、蘭丸の頭を強く叩く。

「兄貴、すみません……つうか、なんなんです、あれ？」

「？」

動揺している様子の蘭丸を後部シートから眺めながら、彼は一体何について『なんなんです』と問うているのだろう、と高沢は首を傾げた。

「いいから、運転しろって。安全運転だぞ？　いいな？」

早乙女は問いに答えることなく、一段と強い力で蘭丸の頭を叩いた。

「兄貴、痛えです」

「運転！」

「わかってんですけど、ねえ、兄貴」

「うるせえ」

「兄貴ってば」

「うるせえって言ってんだろ」

そのあとはほとんど会話は成立せず、車中は酷く緊張感溢《あふ》れる沈黙が流れることとなった。

一時間以上かけて、車は奥多摩の射撃練習場に到着した。

「姐さん、お待ちしてました」

途中、早乙女が連絡を入れていたため、車が到着すると、練習場の所長に就任した峰利史《さとし》が、丁重に高沢を出迎えた。

「…………」

こいつ、絶対、嫌がらせとしてやっている。察した高沢が睨むと峰は、

「俺もクビがかかってるんでね」

パチリ、とウインクしてそう言い、にやりと笑ってみせた。

「…………」

やはり、からかう気満々か、と高沢は峰を尚も睨み、彼を苦笑させた。

「そんな顔、すんなよ。どうした？　今日は」

「別に。銃を撃ちに来た」

櫻内がいないからか、峰の口調が通常どおりなことに安堵《あんど》しつつ、高沢もまた、いつものように彼に返す。

「地下に専用の射撃練習場があるんだろ？　ああ、広いところで撃ちたいのか？」

峰は最初、高沢を揶揄しかけていたが、何かに気づいたかのようにさらりと話題を変えた。

「ああ。前に来たときには撃てなかったから」

高沢も気づかないふりをし、頷いたあとに、そうだ、と車中の会話を思い出した。

「運転手を務めてくれていた若い組員も撃ちたいそうだ。指導、頼めるか？」

「同じ台詞《せりふ》をそのままお前に返したいよ」

「え？」

意味がわからず問い返した高沢に、峰が外国人のような大仰さで肩を竦めてみせる。

「若い組員たちがよく練習場に来るんだが、必ずお前のことを口にする。お前の指導がどれだけ素晴らしかったかとか、お前が撃ってるところを見て感動したとか。いつ来たら会えるかと聞かれたのも一回や二回じゃない。本当に姐さんは男殺しだな」

「…………」

にや、と笑ってくる峰の、相変わらず真意は見えない。ひょうひょうとしている彼ゆえ、その発言は彼の本音なのか、それとも単なる軽口なのか、いつも判断に迷う、と思いつつ高沢は、果たして彼が本当に言いたいことはなんなのだ、とじっと顔を見やった。

「にらめっこか？　付き合ってもいいけど、今日は銃を撃ちに来たんだろう？　時間、なくなるぜ」

峰がどこかくすぐったそうにして笑い、あからさまに話を打ち切りたそうな素振りをする。ますます彼の本意が気にはなったが、銃を撃つ時間が減るのはもったいない上、彼はおいそれと本心など見せぬだろうとわかっていたので、高沢は一旦、会話を切り上げることにした。

「あとで少し話せるか？」

しかも、本当にしたい話題にはまだ到達していない。銃も勿論《もちろん》撃ちたかったが、何より峰には三室のことを相談したかった。

しかしそれを早乙女に聞かれでもすると、ちょっと面倒なことになる。それで高沢は今、その話題を出すのを控え、峰の先の予定を問うたのだった。

「わかった。ああ、そうだ。露天風呂があるんだよ。前の練習場のより景観が素晴らしい。入っていくといい」

峰は高沢の意図を察したようで笑顔で頷くと、

「こっちだ」

と練習場に導こうとした。

「蘭丸を呼んでやったらどうだ？」

自分の行動に逐一目を光らせている早乙女を遠ざけるために、高沢は彼にそう声をかけた。

「俺がかよ」

早乙女はいかにも不満そうな声を出したが、

「なら俺が行く」

と高沢がエントランスに向かいかけると、舌打ちし、

「わかったよ」

と蘭丸の待つ車へと向かっていった。

「なにあれ。お前のボディガードか？」

早乙女の姿が見えなくなると、早速峰が揶揄してきた。

「組長の指示らしい」

相手にすれば更に揶揄されるとわかってはいたが、無視もできない、と答えた高沢の、予想どおりの返しを峰はしてきた。

「愛されてるな」

「……それより」

ちょうど早乙女が不在だったこともあり、今、三室の話題を出すか、と高沢が喋《しゃべ》りかけたそのとき、

「姐さーん！」

エントランスから、素っ頓狂といっていい大声が響いてきて、高沢も、そして峰までもが唖然とし、声のほうを見やった先、喜色満面といった顔で蘭丸が駆け寄ってきた。

「マジっすか？　銃、撃っていいんですか？」

「…………」

『姐さん』という呼びかけに対し、声を失っていた高沢の代わりに峰が、やたらとテンションの高い蘭丸に話しかけた。

「銃、撃ったことないのかい？」

「……あんたは？」

蘭丸が訝しそうな顔になり、峰に問いかける。

彼は射撃練習場に来たことがないらしい。察した高沢は紹介の労を執ることにした。

「この射撃練習場の峰所長だ。峰、彼が銃を撃ちたいと言っていた、早乙女の舎弟だ」

「君が蘭丸君？　よろしく。峰だ。高沢……おっと、姐さんのもと同僚だ」

「え？　もと同僚って？」

きょとんとした表情の蘭丸は、自分の前職を知らないのか、と高沢は少し驚きつつ、話を先に進めることにした。

「古い知り合いだ。早速撃ちに行こう」

高沢に声をかけられ、蘭丸は「はい！」と目を輝かせた。

「俺、銃持ったこともないんですよ。嬉しいなあ！」

声を弾ませる蘭丸を早乙女が「はしゃぐんじゃねーぞ」と後ろからど突く。

「はしゃぎますよ。だって銃ですよ？　兄貴も撃ちますよね？」

注意が少しも耳に入っていない様子で蘭丸は早乙女を振り返った。

「俺はやらねえ」

「え？　なんでです？　銃ですよ？」

「うっせーな。銃なんてもう、見飽きてんだよ」

「さっすがー！　さすが兄貴だ」

相変わらずはしゃいでいる蘭丸と、煩そうに応対している早乙女を振り返り、峰と高沢は顔を見合わせ苦笑した。

「どっちも可愛い顔してはいるが、彼は渡辺君とは随分雰囲気違うな」

「ああ、そうだな」

頷いたあと高沢は、その渡辺の姿が見えないようだが、と峰に問いかけた。

「今日は渡辺は？」

「今、買い出しに行ってる。大好きな姐さんが来ることがわかってりゃ、意地でも待機してたんだろうが」

にやっ、と笑いながら峰が、思わせぶりな視線を向けてくる。実際、渡辺からは『愛の告白』を受けたことがあるが、峰がそれを知るはずもない。カマかけだな、と察した高沢は気づかないふりをし、会話を続けた。

「元気でやっているのか？」

「まあ、元気かな。しかし彼の料理の腕前には驚いた。明日にでも店を出せるレベルじゃないか」

「ああ、そうだったな」

親が料理人だと言っていた、と思い出す高沢の脳裏に、料理の腕前を褒めたとき、謙虚すぎる態度を取っていた渡辺の姿が蘇る。

顔はアイドルにでもなったほうがいいのでは、というくらいに整っているし、料理は峰も認めるほどのプロ級の腕前だというのに、渡辺はなぜか、常に自信なさげな様子をしているのだった。

何か生い立ちに、その理由でもあるのかもしれない。ふとそんなことを思いはしたが、すぐさま、余計なお世話だな、と気づいて思考を打ち切ると高沢は、

「銃もなかなかの腕前だろう？」

と別の話題を振った。

「ああ。練習熱心だしな。ちょっと熱心すぎるきらいはあるが……」

峰が頷いたあと、意味深な言葉を告げる。

「熱心すぎてはいけないのか？」

気になるな、と高沢が問いかけた声と、後ろから早乙女ががなり立てる声が重なって響いた。

「おい、てめえ、何こそこそ話してるんだよ。自分の立場、わかってんのか？」

早乙女が怒鳴《どな》った相手は高沢ではなく峰だった。

「わかっていますよ。こちらにいらっしゃるのは、本来なら『我々』が口を利くことも許されない、櫻内組長の大切な『姐さん』だということくらい、ね」

峰が早乙女を振り返り、ニッと笑ってそう告げる。

敢《あ》えて『我々』と強調したことで、高沢はこれが早乙女に対する揶揄だとわかり、単細胞をからかうのはやめておけ、と峰を睨んだ。

「おい」

「わかってりゃいいんだよ、わかってりゃ」

からかわれたとは気づかないながらも、当てこすりを感じたらしい早乙女は憤怒で顔を真っ赤にしつつ、怒鳴るようにしてそう返し、取り殺しそうな目で峰を睨んでいる。

だからからかうなと言ったのに、と高沢が肩を竦めたあたりで一行は練習場に到着した。

「何を撃つ？　ニューナンブか？」

気易い口調で問いかけてきた峰が、「ああ」と苦笑し、高沢に問い直す。

「姐さん、ニューナンブでよろしいでしょうか」

「…………」

悪ふざけも過ぎると苛つく。いい加減にしろ、との思いを込めつつ、高沢は、

「お願いします」

と頭を下げ、蘭丸を振り返った。

「撃ちたい銃はあるか？」

「いやー、特に……」

銃、知らないんで、と頭を掻いた蘭丸が、

「あ！」

と何か思いついた声を出す。

「なんだ？」

横から早乙女が問いかけたのに蘭丸は、

「ワルサーＰ３８！　ルパン三世とおそろいで！」

と明るい声を上げ、早乙女から頭を叩かれた。

「何がおそろいだ！」

「ルパンとおそろい、いいじゃないか。で？　早乙女さんは？」

峰が笑いながら頷いてみせ、早乙女にも使う銃を問う。

「俺はいい。温泉にでも入ってくらあ」

あまり銃の練習を好まない早乙女はそう言い捨てると、

「えっ。じゃあ……」

とそのあとを追おうとした蘭丸を、

「てめえは練習してろや」

と追い返し、一人練習場を出ていった。

「兄貴……」

しゅんとなってしまった蘭丸だったが、峰が、

「ワルサーP38だね。骨董品《こっとうひん》みたいな銃だが、弾はちゃんと出るはずだよ」

と声をかけると、一気に明るい顔になった。

「はい！　よろしくお願いします！」

「………」

やはり渡辺とはタイプが違うようだ。根っから明るく、屈託がない。見るとはなしに初めての銃にはしゃぐ様子を眺めていた高沢の視線に気づいたらしく、蘭丸がぱっと高沢を見やり、にっと笑いかけてくる。

あまりに明るい笑顔に、一瞬たじろいでしまいそうになり、高沢は軽く咳払いをし、ぎこちなく目を逸《そ》らせた。

「高沢さん、銃の天才なんですよね。撃ってるところ、見せてください！」

早乙女がいなくなったせいか、今までほとんど口を利いたことのない蘭丸が、ぐいぐい高沢に迫ってくる。

「調子に乗るなよ」

峰が苦笑しつつ、蘭丸を窘《たしな》めながらも、

「俺も久々に見たいけどな」

と、高沢に向かって片目を瞑ってみせた。

「…………」

まったく、プレッシャーをかけてくれる、と溜め息を漏らした高沢だが、自分が今、このところのもやもやした気持ちを忘れていることには気づいていなかったのだった。

4

久し振りだったこともあり、無心で的を狙っているうちに二時間が経過していた。

「そろそろ、上がったほうがいいんじゃないか？」

峰に声をかけられ、我に返ったときには、高沢の腕はすっかり痺《しび》れてしまっていた。

「相変わらず、いい腕してるねえ」

出力してくれた総合結果を手渡しながら、峰が心底感心した声を上げる。

「久々、撃った」

この腕のしびれが心地よい。いつしか微笑んでしまっていた高沢は、峰に咳払いされ、彼を見やった。

「なに？」

「……いや、なんつーか、その」

頭を掻きながら峰は言葉を探していたが、尚も高沢が凝視すると、

「もう、見るなって」

と顔を背けますます高沢の疑問を誘った。

「峰？」

「ほんっと、高沢さん、すごいっす。マジで尊敬しちゃいますよ」

傍らで蘭丸が声を弾ませる。

「蘭丸君もかなりの命中率だったよ。途中から疲れてきたのか、ばらつくようになったけど」

峰がそう言い、蘭丸にも結果を手渡す。それを横から眺めた高沢は、その命中率の高さにここまでだったか、と驚き、蘭丸に問いかけた。

「初めて撃ったと言ってませんでしたか？」

高沢は基本、組員に対して敬語で接する。早乙女や渡辺、それに昔馴染《なじ》みの峰には気を遣わない口調で話してはいたが、それ以外はどんなに若い組員であっても敬語を使う。

自分が組員たちに受け入れられていないと自覚しているがゆえ、敢えてそうしているのだが、それを聞いて蘭丸は目を丸くしたあと、慌てた様子で口を開いた。

「ちょ、ちょっと待ってくださいよ。なんで俺に敬語？　なんかの嫌がらせっすか？」

「嫌がらせ？」

どうしてそうなる、と驚いたあまり声に出してしまった高沢の肩を叩き、峰が代わりに高沢の意図を明かしてくれた。

「なわけないだろ。姐さんは気を遣ってるのさ。未だに自分が組員たちに嫌われていると思い込んでいるから」

「え？　高沢さんが？　嫌われてるとか聞いたことないっすけどね？」

　蘭丸が眉を顰め、高沢が思ってもいなかった言葉を口にする。

「ファンは多いっすよ。みんな、射撃を教えてほしいって。俺が今日教えてもらったなんて言ったら、袋叩きにあいますよ。新参者が抜け駆けするなって」

「……なんのフォローだ？」

　そうとしか思えず、問いかけた高沢に、蘭丸は仰天した声を上げた。

「はあ？　意味、わからないですけど？　フォローって？　俺がフォローしてるって、高沢さんは思ってるってことっすか？」

「…………」

　このリアクションは、どう解釈すればいいんだろう。思わず峰へと視線を送っていた高沢は、その峰に苦笑され、ますます意味がわからない、と首を傾げた。

　そんな彼に解説を施してくれたのは、今回も峰だった。

「簡単に言えば、自分には敬語は使わないでほしいってことだよ、高沢」

「…………そう……か」

　納得はできなかった。が、それ以外に相槌《あいづち》の打ちようがなく、頷いた高沢に向かい、蘭丸が喰《く》ってかかる勢いで声を発した。

「フォローなんてしてねえし！　てか、敬語は今後一切ナシで！　敬語使うのは俺のほうですから！　あ、もしかして、やっぱり『姐さん』って呼ばないといけなかったんっすか？」

「いや、それはいいから」

『姐さん』呼びなど、されては困る、と即答した高沢に対し、蘭丸はぺこりと頭を下げた。

「ありがとうございました！　マジでリスペクトです！　また、教えてください！　俺、上手くなれますかね？　なんていうんだったか、あ、そうだ、素質！　俺、銃の素質、ありますか？」

「ある」

問われたので思ったままを答えたのだが、即答しすぎたからか蘭丸には疑われてしまった。

「適当言ってませんか？」

「おいおい、高沢が銃のことで適当言うわけないだろう」

高沢自身は、蘭丸のリアクションについて思うところなどまったくなかったのだが、横で聞いていた峰がなぜか少しむっとした顔になり、咎《とが》めるようなことを告げていた。

「え？　あ、すみません。適当言ってるのは俺でした」

すぐさま頭を下げる蘭丸の調子の良さに、高沢は思わず苦笑した。途端に蘭丸の目が高沢の顔に吸い寄せられる。

「わぁ……」

「？」

なんだ？　と問い返そうとしたとき、軽く後頭部を叩かれ、高沢は視線をその手の主に——峰に向けた。

「説明してやれば？　なんで素質があると思ったのか」

「ああ」

未だむっとしたような顔をしている峰の、その表情はどこからくるのか。わからないながらも高沢は、横で撃っていた蘭丸のフォームを思い出しつつ理由を告げ始めた。

「まず姿勢がいい。体幹がしっかりしているのでフォームがぶれない。視力もいいんじゃないか？　あと、見た目より筋力がある。今日は的を撃つだけだったが、運転から察するに、動体視力もよさそうだ。練習次第では上達すると思う」

「………」

高沢の前で、蘭丸は唖然とした顔になっていたが、すぐに彼の目がきらきらと輝き始め、頬が紅潮していった。

「マジッすか。嬉しいな。高沢さん、本当に見てくれてるんだ！」

「だーかーらー、高沢が銃のことで適当言うはずがないって言っただろうが」

弾んだ声を出す蘭丸を凶悪な目で睨み、峰がそう吐き捨てる。

「わかってます。わかってますけど」

蘭丸が慌てて峰に言い返す。そんな彼の姿を見ながら高沢は、本人が適当なことを言っているのでは、と感じた内容をぶつけてみることにした。

「銃を撃つのは本当に初めてだったのか？」

「え？」

唐突な高沢の問いかけに、蘭丸がきょとんとした顔になる。

「随分慣れているように感じたから」

高沢が言葉を続けると蘭丸は何か思い当たることがあったのか、ああ、と頷き、笑顔のまま口を開いた。

「イメトレだけはやってました。ＤＶＤがね、あるんです。銃を撃つってだけの。それをすり切れるくらい見てたからじゃないっすかね」

「ＤＶＤはすり切れないだろ」

ビデオテープならともかく、とすかさず峰が突っ込みを入れたのを聞き、高沢は、確かに、と思わず噴き出した。

「そういうことか」

「もう……なんなんっすか」

蘭丸がまた顔を赤らめ、視線を峰へと移す。峰もまた頭を掻きつつ自分から視線を逸らせたのに、なんなんだ、と高沢は眉を顰め、二人を見やった。

「……あー。まあ、なんだ、その……」

峰もまた、口の中でごにょごにょと言っていたが、すぐに、

「帰る前に汗、流していくか？　ここの露天風呂もなかなかのもんだぞ」

と話題を変えてきた。

「ああ、そうする」

二時間も夢中で撃っていたため、かなり汗をかいていた高沢は頷き、蘭丸へと視線を向けた。

「風呂、入るだろう？」

「え？　あ……」

蘭丸ははっとした顔になったあと、ぶんぶんと物凄い勢いで首を横に振った。

「やめときます！　兄貴に何を言われるかわからないし、何よりその、自信ないんで」

「自信？」

意味がわからない、と問い返そうとした高沢は、峰に肩を抱かれ彼へと視線を向けた。

「聞いてやるなよ。さ、行こうぜ」

「……ああ」

気にはなったが、蘭丸があからさまにほっとした表情となったのが視界に入っては、このまま流したほうがいいのだろうと、高沢はそう判断すると、峰に導かれるがまま、赤い顔をした蘭丸をその場に残し、露天風呂のある浴室へと向かったのだった。

早乙女はとっくの昔に風呂から上がっていたようで、浴室には誰もいなかった。

「タオルはそこに積んであるから」

ぱっぱと服を脱ぎ終えた峰が先に中へと入っていく。

高沢もすぐあとに続いたのだが、浴室に足を踏み入れ、まずは洗い場の広さに、そして浴槽の大きさに驚いた。

隣になることはないか、と峰からは少し離れたカランの前に座り、手早く身体を洗ってから浴槽へと入る。

と、峰もまた浴槽へと入り、高沢の近くに寄ってきた。

「中の風呂もいいが、露天がまた格別だ。行ってみないか？」

「ああ」

峰の誘いに高沢は乗ることにし、彼に導かれるまま、露天へと通じるドアに向かった。

「これは……」

外に出た途端、目の前に開けた眺望に、高沢は感嘆の声を上げた。

「な？　凄いだろ？　前の練習場より、劣るところは何もないというコンセプトなんだろうな、きっと」

峰が、にや、と笑ってそう言うと、「入ろうぜ」と風呂に先に向かう。

「春は桜、秋は紅葉が楽しめるんだと。木、植え直したのかね？　それともそういう場所を選んだのか」

季節的に今は、青々とした葉が茂る木々を見下ろしながら、そう告げた峰がちらと高沢を見る。

「しかしまあ、今後、お前がここに来ることはまずないだろうが」

「来るさ」

露天風呂に惹《ひ》かれたわけではなく、無心で銃を撃てるこの場所に惹かれた。ボディガードの職務に戻してもらえないのなら、毎日通いたいくらいだ、と思いつつ答えた高沢に、峰が苦笑で応える。

「組長がそれを許すとはとても思えないけどな」

「…………」

峰の目が自分の顔から湯に沈んでいる身体をざっと見下ろす。高沢は彼の視線を追い、自分の肌の上に無数の吸い痕《あと》が残っていることに今更気づき赤面した。

「愛されちゃってるじゃない」

俯く高沢の顔を覗き込んできながら、峰はそう揶揄したが、すぐさま口調を一変させ問うてきた。

「何か話があったんだろう？　まあ、予測はつくが」

「……っ」

唐突に本題を出され、高沢は一瞬、息を呑んだ。が、すぐ、それなら話は早い、と峰を見やり口を開いた。

「三室教官だが、まだ神戸にいるそうだ」

「香港に渡ると言ってるんだろう？　無茶だ。もう、金子《かねこ》の父親は死んでるよ」

「それは確かか？」

推察なのか、それとも事実なのか。それが知りたくて身を乗り出した高沢に対し、峰は同じ距離だけ身体を引くと、バツの悪そうな顔になった。

「悪い。推察だ。チャイナマフィアが役に立たない人質をいつまでも生かしちゃおかないだろうという……」

「……だよな」

頷いた高沢の口から、抑えきれない溜め息が漏れる。

「なんとか生死を確かめる術はないだろうか……」

溜め息のあと、ぽつりと呟いた高沢の、その言葉尻を峰は捉え、逆に問い返してきた。

「確かめた結果、亡くなっていたとしたら、三室教官を思い留まらせる材料にはなるだろう。

だが生きていたとしたら？　もう止められなくなるぞ」

香港に乗り込んだと同時に、三室もまた命を落とすこととなろう。峰の言いたいことを予測し、高沢は首を横に振った。

「違う」

「何が違う」

意味がわからない、と眉を顰めた峰は、続く高沢の言葉を聞き、驚きの声を上げたのだった。

「もし生きていたら、俺も教官と共に香港に向かう。金《ジン》さんには世話になったからな」

「ちょ、ちょっと待て！　マジかぁ？」

素っ頓狂といっていいほどの大声を峰は上げたあと、すぐさま我に返った様子となり、呆れた口調で高沢を窘め始めた。

「お前、今、自分が言ったことの意味、わかってんのか？　そりゃお前も三室教官も銃の名手だ。とはいえ、チャイナマフィア相手にたった二人で闘いを挑むなんて、まず不可能だろ。返り討ちに遭うのが関の山だ」

「……わかってる」

実際、そう覚悟を決めて香港に乗り込んだことが高沢にはあった。そのとき高沢に手を貸してくれたのが、今、中国マフィアに囚《とら》われているという金なのだった。

金には恩義がある。救い出せるものなら救い出したい。三室と二人では実際、無理かもしれないが、もし、金がまだ生きている可能性が一パーセントでもあるのなら、その命を助けたい。

願いを口には出していなかったというのに、峰には通じたらしく、やれやれ、というように溜め息を漏らすと彼は、湯から出した手を、ぽん、と高沢の頭に置いた。

「なんだ?」

峰の手を伝い、湯が一筋、高沢の額から鼻へと流れる。滴を指先で拭い、峰を見やると、峰は苦笑としかいいようのない笑みを浮かべ、もう一度、ぽん、と高沢の頭を叩いた。

「なんだよ」

「そうも救いたいと願っているなら、なぜ、組長に頼まない?」

「……っ」

油断していた——わけではないが、いきなり核心を突くような問いかけをされ、高沢は思わず絶句した。

峰がじっと、高沢の目を覗き込んでくる。

「…………できないだろう、それは」

嘘《うそ》や誤魔化《ごまか》しは見逃すまい。峰のそんな意思を感じさせる視線に射貫かれては、誤魔化しなど通じない。そもそもそこまで器用な男ではなかった高沢は、溜め息交じりにそう答え、首を横に振った。

「なぜだ？　組長は三室教官を煙たく思っているから？　お前絡みで」

「……容赦がないな、今日は」

答えに詰まった結果、高沢はそう言い、峰を睨んだ。

「その目はヤバい」

峰が苦笑し、未だに高沢の頭にあった手を退《の》けると、両手でばしゃりと己の顔に湯をかけた。

「…………」

『ヤバい』の意味がわからないものの、突っ込むほどのことでもないか、と高沢は見るとはなしに峰の、濡れた顔を見やった。峰もまた、高沢を見返す。

「お前の頼みなら組長も動くんじゃないか？」

掌で顔を拭いながら、峰がまたも高沢の目を覗き込むようにし、にや、と笑う。

「それはない」

即答した高沢に、峰がすかさず言葉を被《かぶ》せてくる。

「なら試してみればいい」

「できるわけがない」

「なぜだ？　組長が動くに決まっていると読んでいるからか？　菱沼組とチャイナマフィア

の抗争に発展しては困る、と？」

「そういうわけじゃない」

否定しながら高沢は、何をムキになっているんだ、と自分自身に呆れていた。

峰とて、本気で櫻内組長に頼めと言っているわけではないことは当然、高沢にもわかっていた。

風間を抱き込んだと思われる中国マフィアの特定はまだできていないことは、高沢も早乙女から聞いて知っていた。敵が何者かもわかっていない状態では、櫻内が動くことはまず、ないだろう。

菱沼組の情報網をもってしても正体が割れないことからも、相手がどれほどの力を持っているかは軽く推察できる。

戦うにしても準備がいる。風間が随分と乱してくれた組内の統率を、再び整えようと、櫻内が日々尽力していることに、誰より櫻内の近くにいる高沢は当然気づいていた。

たとえ自分が懇願したとしても、櫻内が動くはずがない。自明のことであるのに、なぜこうも胸がざわつくのだろう。

溜め息を漏らした高沢は、視線を感じ、我に返った。

「逆上《のぼ》せたか？」

峰が高沢の肩を抱くようにし、近く顔を寄せてくる。

「大丈夫だ」

反射的に身体を引いてしまったあと、高沢は、これではまるで意識しているようか、と気づき、バツの悪さから俯いた。

「おっと、別に間男志願じゃないぜ」

峰がぱっと手を離し、慌てた様子でそう告げる。

「わかってる。俺はただ……」

『ただ』のあとは思いつかず、言葉を途切れさせた高沢に、峰が苦笑めいた笑みを浮かべてみせる。

「まあ、気持ちはわかる。その身体を見りゃな」

「……っ」

またも、ずば、と斬《き》り込んできた峰に対し、高沢は息を呑んだあと改めて自身の身体を見下ろし、ただただ赤面するしかなくなった。

胸から腹、太腿の内側にかけて、これでもかというほど赤い吸い痕が刻まれている。

毎夜、櫻内に抱かれるため、身体に残るキスマークの色は、褪《あ》せることがないのである。

男に可愛がられているのだ、ちょっと触ったくらいで誤解してしまうのも仕方がないよな――峰が果たして、それを言いたかったか否かはわからない。わかることは、彼の目に映る自分が最早《もはや》、『もと同僚』ではなく『組長の愛人』なのだな、ということだった。

「……三室教官となんとか連絡を取れるよう、尽力する。連絡が取れたときには力を貸してもらえるか？」

せめて。せめて三室に世話になった仲間として。思いを込め、告げた高沢を峰は暫し見つめていたが、やがてふっと笑い、湯から出した右手を高沢に向かい、差し出してきた。

「もちろんだ。俺も三室教官を救いたい。お前同様に」

「ありがとう」

その手を握った高沢を、峰は、どこか複雑そうな表情をして見返したあと、ぎゅっと高沢の手を握り直し、すぐさま離した。

「しかし……中国マフィアか……」

ぽつり、と峰が呟き、ちら、と高沢を見る。

「……なんだ？」

物言いたげな視線を感じ、問いかけた高沢は、峰が口を開こうとしたときには、彼の言いたいことをおおよそ察していた。

「大陸じゃなくて香港だが……気になるな。西村《にしむら》警視が」

「…………知ってるんだな？　西村を」

峰の年齢は聞いたことはなかった。が、そう離れてはいまいと予測はしていた。警察官になった年代が近ければ、出世頭の西村の名くらいは聞いたことがあったのだろう。そう思い、問い返した高沢は峰が「ああ」と頷いたあと、考え考え告げた言葉に、どう答えるべきかと悩むこととなった。

「知ってるさ。当然な。警察を辞めた理由も。そのあと中華マフィアに取り込まれたことも。それから……あんたとはその……まあ、なんていうのか、因縁があったたってことも」

「…………」

『因縁』と言葉を濁されはしたが、もしや峰は西村の自分に対する執着を知っているのかもしれない。察した高沢は我知らぬうちに峰から目を逸らせていた。

峰が抑えた溜め息をついたのが聞こえ、再び視線を戻す。

「とはいえ、趙《チョウ》の組織は未だ壊滅状態で、日本にちょっかいかける余力はないと思われる。となると、新勢力か、となるんだが、その『新勢力』に西村が絡んでいる可能性もあるのかもしれない」

「……西村は……生きているんだろうか？」

生死は確かめられなかった。が、峰はあたかも西村が生きているかのような口ぶりである。もしや何か情報を握っているのか、と高沢が問いかけると、峰は、

「どうだろうな」

と肩を竦めただけで、具体的なことは何も言わなかった。

「何か知っているわけじゃないのか？」

口ぶりからして、てっきり何か情報を握っているのかと思ったのだが。高沢が見つめていると峰は、唇の端を歪《ゆが》めるようにして笑うと、

「そろそろ出るか」

ざばっと音を立て、立ち上がった。

「……俺はもう少し、ここにいる」

峰に反発を覚えたわけではなく、単に一人で考える時間が欲しくなり、高沢はそう言うと視線を見事な眺望へと戻した。

「姐さんはどうやら、ここの露天が気に入ったようだな」

逆上せるなよ、と峰が揶揄するようなことを言い、一人風呂を出ていく。

「…………」

一人になった高沢の口からは、溜め息が漏れてしまっていた。

西村の名を久々に聞いた。果たして今回の件に、西村はかかわっているのか、いないのか。かかわっているとしたら——その理由は、なんだ？

復讐、だろうか。

誰の？　趙のか？　それとも、西村本人の——？

答えの出ないことを考えることが、いかに無駄であるか、高沢も当然察していた。それでも考えずにはいられなくなっている自分を抑えることができないでいる。

自分もまた、西村に執着しているということなのだろうか。高校時代からの友人である彼に。陵辱《りょうじょく》されたこともある、彼に――。

「……あり得ない……」

そんなことは。呟いた自分の声が、高沢を思考の世界から連れ戻した。

気づけば露天につかってから、随分時を過ごした気がする。逆上せたらそれこそシャレにならない、と高沢もまた露天から出て屋内へと戻った。

「おい、あんた、何やってるんだよ」

脱衣所には早乙女が来ていて、高沢の姿を認めると慌てた様子で駆け寄ってきた。

「帰るぞ。組長のお戻りが予定より早くなったって連絡があったんだ」

「今日は金沢だろう？」

「新幹線が通ったじゃねえか」

早く早く、と早乙女に急《せ》かされ、高沢は服を身につけるとすぐさま、エントランスへと向かった。

「それじゃあな」

エントランスには峰と渡辺が控えていた。笑顔を向けてくる峰に頷くと、高沢は視線を彼の後ろに隠れるようにして立っていた渡辺へと向け、少し痩せたように見える彼に現況を問うた。

「どうだ？　ここの居心地は」

「なんだ、人聞きが悪い。さも俺がこき使ってるようなこと言うなんて」

答えたのは渡辺ではなく、峰だった。渡辺はおどおどとした素振りで高沢から目を逸らせ、ぺこりと頭を下げてきただけだった。

「…………」

あからさまに避けられているのがわかり、高沢はそれ以上の会話を諦めた。渡辺が自分を避ける理由に心当たりがあったためである。

高沢は渡辺にかつて、『好きだ』と告白されたことがあった。それだけでも気まずいが、その場を櫻内に踏み込まれたのだった。

櫻内からは表だっての『お咎め』は渡辺にも、そして高沢にもなかったものの、渡辺が恐怖心を抱かないわけがなく、結果、自分とは極力かかわらないようにしているのだろう、と、高沢はそう推察した。

「またいらしてください、姐さん。今度は組長と一緒に」

峰がわざとらしいくらいに明るい声、丁寧な口調でそう言い、高沢を揶揄してくる。

「……また寄らしてもらいます」

本当に性格が悪い、と高沢は峰を睨んだあとに、これは頼んでおきたい、と言葉を選び口を開いた。

「懸案の件についてはは何かわかったら教えてほしい。俺も連絡を入れるから」

三室の名を出せばまた、早乙女が煩いことを言うだろうと、敢えてぼかしたというのに、逆に早乙女には訝られてしまったようで、

「懸案ってなんだよ」

と話に割り込んできた。

適当に誤魔化さないと、と面倒に思いつつも何か言わねば、と高沢が早乙女へと視線を向けている間に、峰がまたもわざとらしいくらいの丁重さで早乙女に対し頭を下げる。

「若い組員たちにまた、この練習場で銃を教えたいと仰《おっしゃ》っていらしたんですよ。せっかくの設備を無駄にしては勿体《もったい》ないというのと、この先チャイナマフィアが新宿に台頭してきたときのことを案じていらして」

「はあ？　あんた、ばっかじゃねえの？」

それを聞き、早乙女が呆れた声をぶつけてきたのは峰にではなく高沢にだった。

「組長がそんなこと、許すわけねえだろ」

「ボディガードに復帰できないのなら、その道もあるかと思ったんだ」

峰の言ったことはまったくの出鱈目だったが、このままボディガードに戻れないのだとしたら、それもありか、と思えてきた。

気も紛れるし、何より、組の――櫻内の役に立てるのではないかと、そう考えた高沢に対

し、早乙女はとんでもない、というように首をぶんぶんと横に振ってみせた。

「馬鹿なこと言ってねえで、帰るぜ。組長より先に家についてねえとヤバいからな」

ほら、と彼に急かされ、高沢は峰と渡辺に頭を下げると練習場をあとにした。

「本当にもう、勘弁してほしいぜ」

悪態をつく早乙女のあとを追う高沢の脳裏に、渡辺の俯いた顔がちらと過ぎる。

峰のことだから渡辺についても上手くフォローしてくれているだろうが、窶《やつ》れていたのは気になった。

近いうちにまた練習場を訪れ、渡辺のことを峰に聞いてみようか。そんなことを考えていた高沢だったが、想定していたよりも『近いうち』に峰に会うことになろうとは、未来を予測する力の無い彼にわかろうはずもなかった。

帰路、渋滞に巻き込まれたこともあり、蘭丸《らんまる》の運転する車が松濤《しょうとう》の櫻内《さくらうち》邸に到着したのは、午後八時を回った頃だった。

「帰ってる……」

玄関を入ると同時に早乙女《さおとめ》が絶望的な顔になり、溜《た》め息を漏らす。櫻内は既に帰宅をしており自室にいると、高沢《たかざわ》が在宅していた組員に告げられたのは、その数秒後だった。

「早く、部屋、行ってこいよ」

今の伝言はそういうことだ、と早乙女に急《せ》かされ、櫻内の部屋のドアをノックし、開く。

「どこへ行っていた？」

櫻内が帰宅してからどうやらそう時間は経《た》っていないらしく、彼はまだ朝、家を出たときのスーツを着用していた。

「奥多摩の練習場に、銃を撃ちに」

嘘《うそ》をつく必要性は感じられなかったので、高沢は事実を語ったのだが、それを聞いた櫻内があからさまに不快そうな顔になったのには身構えずにはいられなかった。

「地下の練習場では不満なのか？」

「……広いところで、撃ちたかった」

嘘はついていない。地下の射撃練習場の設備はそれは素晴らしいものだが、奥多摩に比べれば誰の目から見ても見劣りはする。奥多摩の練習場は組員全員のためのものだが、この家の練習場は自分一人のために用意されたものであるので、劣って当然なのである。

それがわかっていながらにして、設備を理由にした高沢に向かい、櫻内が苦笑してみせる。

「どうやら地下練習場は、お気に召さないらしいな」

「…………」

そういうわけじゃない。ここはそのように答えるべきだとわかっていたが、高沢にはそれができなかった。

「行くか」

黙り込む高沢へと櫻内が手を伸ばす。手首を摑《つか》まれるまま、高沢は櫻内に腕を引かれた状態で部屋を出、地下の練習場へと向かうことになった。

廊下を進む間も、エレベーターに乗り込んでからも、櫻内は一言も口をきかず、高沢もまた黙っていた。

表情を見ずとも、櫻内の機嫌がそうよくないことはわかる。

はっきりと禁止されたわけではないが、奥多摩へは行く必要がないはずだとは言われていた。それをわかっていながら行ったのだから、機嫌が悪くなるのは当然だろう。だが、たとえ叱責《しっせき》されることになったとしても、奥多摩に行ったことを、今、高沢は後悔はしていなかった。

三室のことについて、峰に相談もできたし、何より久し振りに思う存分、銃を撃つことができた昂揚感《こうようかん》が、未《いま》だ身体《からだ》に残っていたからである。

この機会に櫻内より、奥多摩に通う許可を得られないものか、と高沢は考えていたのだが、自分がどれだけ甘かったかを間もなく彼は知ることになった。

地下練習場内に入ると櫻内は高沢の腕を離し、真正面に立って問うてきた。

「何が不満だ？」

きつい眼差《まなざ》しに射貫《いぬ》かれ、びく、と高沢の身体が震え、強張《こわば》る。櫻内に睨《にら》まれるなど、いつものことだというのに、と、思わずごくりと唾《つば》を飲み込んだ高沢に、櫻内は問いを重ねてきた。

「この練習場の、何が不満なのかと聞いている」

「……不満は……」

なんとか櫻内から目を逸《そ》らせることができたのは、彼の問いに答えるのに、室内を見渡す動作をしても不自然ではないという状況となったためだった。

的までの距離は充分、システムは最新式、銃の種類も豊富で、ケチをつけられるような箇所は一つもない。

見回すまでもなく、答えは決まっていた。

「不満は……ない」

しかもこの練習場は、高沢のみ利用が許されている。当然、櫻内は利用可能であるが、他の組員たちは入室を固く禁じられていた。

使いたい放題、使えるこの部屋があるのに、なぜ奥多摩になど行くのか。疑問を持たれるのは必然といえた。

次に櫻内が自分に投げかける質問の予測ができる。

「ならなぜ、奥多摩に行った？」

「……広いところで撃ちたかったから」

先ほどと同じ答えを返すしかなく、繰り返した高沢に対し、櫻内は今度、新たな返しをして寄越した。

「それだけか？」

一つの嘘も見逃すまいという鋭い眼光が、再び高沢を射貫く。

「………」

どう答えればいいのか。声を失う高沢に一歩を踏み出し櫻内が口を開く。

「ここはあまり使われていないな。なぜだ？　不満があるからだろうが」

櫻内がもう一歩、高沢へと踏み出す。

「……不満では……」

『不満』というわけではない。ただ、この部屋が屈辱感を思い起こさせるというだけだ。

しかしそれを櫻内に告げていいものか。屈辱を与えられた相手に——。

この、遠慮としかいいようのない気持ちを自分が抱いていることに、高沢は戸惑いを覚えていた。

今まで櫻内に対し、こうした感情を持ったことはなかった。もっと気を遣えとよく早乙女には叱責されるほどで、実際、機嫌を損ねて『お仕置き』という名目で抱かれたことも一度や二度ではない。

それでも高沢の中に『遠慮』は芽生えなかったというのに、今、はっきりと自分が櫻内に対して配慮をしているのがわかる。

それは一体なぜなのか。この地下室で監禁された経験が自分の胸に劣等感を植え付けたのか。

劣等感——という表現には違和感がある。強いていうならばそれは——。

いつしか一人の思考の世界にはまり込んでいた高沢は、櫻内に腕を摑《つか》まれ、はっと我に返った。

「何を考えている?」

櫻内の、もう片方の手が高沢の頬を包む。近く顔を寄せてきた彼に高沢は何を答えていいのかわからず、じっとその目を見返すことしかできずにいた。

「この場所が、嫌なのか」

焦点が合わないほどに近づけられた櫻内の瞳に、険しい光が宿る。

「全裸で監禁された屈辱を忘れられないと？　嫌な思い出のある場所は、お気に召さないと、そういうことか？」

「……それは……」

違う、と言うべきだと、高沢の頭の中でもう一人の自分が主張する。

不興《ふきょう》を買う必要はない。屈辱を覚えたのは事実だが、それを言えば櫻内の所行を責めるのと同義となる。

そもそも、ここに監禁された原因は自分にあるのだから、櫻内を責めるのは筋違いだ。だから口を閉ざしていよう――という、一連の思考が頭の中を駆け抜ける中、間違いなくこれは欺瞞《ぎまん》だということを自身が認めざるを得ないと、はっきり悟っていた。

下手なことを言い、櫻内に嫌われたくない。女々しい理由だと我ながら呆《あき》れるが、それが自分の本音なのだ。

まさに『愛人』の思考だ、と自分自身に対する嫌悪感を覚えつつも高沢は今の状況を打破せねば、と櫻内へと視線を向けた。

「………」

櫻内もまた、じっと高沢を見返してくる。

「……俺は……」

どう答えればいいのか。どう答えれば櫻内は満足してくれるのか。高沢の脳裏にはなぜかそのとき、八木沼《やぎぬま》の策略により岡村組《おかむらぐみ》の『婦人会』で姐《あね》さんたちに詰め寄られたときの状況が蘇《よみがえ》っていた。

『どないしたら、組長の愛情、一身に集めることができるんやろか』

それは俺も知りたい。知ることができるものなら。またも一人の思考の世界に入り込んでいた高沢は、櫻内に身体を揺さぶられ、はっと我に返った。

「今、何を考えている？」

「……あ……」

言えない——どうしたら、愛情を独り占めにできるかなど、本人に聞けるわけがない。羞恥《しゅうち》を覚え俯《うつむ》いた高沢だったが、強く腕を摑まれ痛みから顔を上げざるを得なくなった。

「屈辱を忘れれば、ここを使う気になるのか？」

問うてくる櫻内の唇には笑みがあったし、口調も穏やかなものではあったけれども、彼の目に宿る光には高沢を竦《すく》ませる何かがあった。

「なるんだな？」

念押し、とばかりに櫻内が高沢に問い、じっと目を見つめてくる。

「…………」

高沢は答えようとはしていた。が、答えられなかった。問われているのは自分のことなのに、答えがまるで見えないのである。

そもそも『屈辱』を忘れることなどできるのか。忘れれば自分はこの練習場を使うことに抵抗がなくなるのか。

わからない、と俯きかけた高沢の顎を櫻内がとらえ、上を向かされる。今、高沢の目の前にある櫻内の瞳は薄く見開かれ、眉間《みけん》にはくっきりと縦皺《たてじわ》が刻まれていた。

機嫌が相当悪くなっているのはわかる。思わず息を呑《の》んだ高沢を見下ろし、櫻内が押し殺した声でこう告げる。

「忘れ方を教えてやる。記憶の上書きをすればいいだけだ」

「……っ」

言われたと同時に足を払われ、床に倒れ込む。起き上がる間もなくのし掛かってきた櫻内に唇を塞《ふさ》がれ、反射的に高沢は顔を背けかけた。

が、頬を摑まれるようにして顔を固定され、口内を舐《ねぶ》りまくる勢いで唇を塞がれるうちに、抵抗する気はないのだということを知らしめたくなり、両腕を櫻内の背へと回した。

「…………」

櫻内の動きが一瞬止まったため、目を開いた高沢に向かい、唇を合わせたまま瞳を細めて微笑《ほほえ》むと櫻内は頬を挟んでいた手で高沢のシャツのボタンを外し始める。

続いてジーンズのファスナーも下ろし、高沢を裸に剝《む》くと櫻内は首筋に顔を埋めてきた。

「……髪が濡れている」

ぼそ、と高沢の耳許で櫻内が呟《つぶや》く。

「露天に入ったのか？」

「入った」

頷《うなず》いた直後高沢は櫻内に問われ、一瞬、声を失った。

「誰と入った？」

「……っ」

峰《みね》と入った。何も疚《やま》しいことはないのだから正直にそう明かせばいいのに、なぜ躊躇《ためら》ってしまうのか。

自分で自分が信じられない。一瞬、答えに詰まったものの、すぐに高沢は我に返り、峰の名を告げようとした。が、そのときにはもう、舌打ちした櫻内に掌《てのひら》で唇を塞がれていた。

櫻内の唇が首筋から胸へと移ったと察すると同時に強く乳首を嚙《か》まれ、悲鳴を上げる。

「痛っ」

甘嚙みなどではない、食い千切《ちぎ》る勢いで強く嚙まれる痛みに、我知らぬうちに高沢は身を竦ませてしまっていた。と、櫻内が身体を起こし、床に両手をついて高沢を見下ろしてくる。

「……しまった。記憶の上書きだったな」

苦笑する櫻内の唇から高沢にとっては意味不明の言葉が漏れ、ゆっくりと再び覆い被《かぶ》さってきた彼に唇を塞がれる。

甘やか、という表現がぴったりの、優しげなキスだった。しっとりとした櫻内の唇が高沢の、やや乾燥しているせいで荒れ気味な唇を覆い、優しく——そしてねっとりと吸い上げてくる。

「ん……」

舌をからめとられたが、櫻内のキスはいつものような獰猛《どうもう》なものではなく、執拗《しつよう》なほどに丁寧なものだった。

戸惑いを覚えつつも高沢は、櫻内の意図にようやく気づき始めていた。

記憶の上書き——櫻内は先ほど確かにそう言っていた。彼はここで、高沢が屈辱を覚えたこの練習場で、屈辱の代わりに快楽を刻み込もうとしているのではないか。

「あ……っ」

櫻内の掌が、高沢の胸を撫《な》で上げる。先ほど強く噛まれた乳首はじん、と痺《しび》れていたが、擦《さす》り上げられたときにはえもいわれぬ刺激を受け、自然と腰が捩《よじ》れた。

それを察したのだろう、唇を合わせたまま櫻内が目を細めて微笑み、高沢の乳首を二度、三度と擦り上げる。

優しくも力の籠《こ》もったその手の感触に、たまらない気持ちが募り、またも腰が捩れる。と、櫻内はキスを中断し、高沢の顔を見下ろしながら乳首を指先で摘《つ》まみ上げた。

「や……っ」

堪《こら》えきれない声が漏れ、身体がびくんと震える。櫻内の、黒曜石のごとき美しい瞳に見つめられながら女のように喘《あえ》ぎ、身をくねらす自分が恥ずかしく、高沢は思わず目を伏せた。

「どうした」

くす、と、笑いながら櫻内が高沢のこめかみにキスをし、きゅう、と強く乳首を抓《つね》る。

「……く……っ」

またも甘え声を上げそうになり、高沢が唇を噛む。

「何を恥ずかしがっているのやら」

笑いを含んだ櫻内の声が耳許でしたその直後、耳朶《じだ》を甘く噛まれた。

「ぁ……っ……や……っ」

そうした間にも、櫻内の指先は休むことなく高沢の乳首を弄《いじ》り続けている。強く摘まんだあとにきゅっと抓り上げ、先端に爪を立てたれる。そうして少し苛《いじ》めたあとにはまた優しく捻《ひね》り、指先で胸に塗り込むように擦ってから、ぴん、と爪で弾いてくる。

間断ない刺激を受け、高沢は堪《たま》らず声を漏らし始めてしまっていた。

目をしっかり閉じてはいるが、自分の顔に、乱れる肢体に、汗ばむ胸に、櫻内の視線が注がれているのを痛いほどに感じる。

見られていると思うと性的興奮が増す。そんな自分が信じられない。愕然《がくぜん》とはするものの、鼓動は高鳴り、息は乱れ、火照《ほて》る肌からは汗が浮き出して、己の欲情が昂《たか》まることを否応なく自覚させられる。

「あ……っ」

櫻内が覆い被さってくる気配がしたと同時に、乳首にざらりとした舌の感触を得た。

「ん……っ」

生温かなそれが乳首の周りを辿《たど》るように舐る。もどかしさを覚えた頃に舌先で乳首をつつかれ、堪らず喘いだ高沢はそんな自分の甘えた声がどうにも許せず唇を嚙んだ。

「どうした？　煩《うるさ》いくらいに声を上げるほうが好きだと言っただろう？」

高沢の胸から顔を上げ、櫻内がそう、笑いかけてくる。

「無理……っ……だ……っ」

確かに八木沼宅で言われた。それ以前にも散々、言われたことは勿論《もちろん》覚えている。しかし、やはり羞恥《しゅうち》が募る、と目を逸らせた高沢は、不意に乳首を強く嚙まれ、う、と息を吞んだ。

「まあいい。そのうち箍《たが》も外れるだろう」

そんな高沢を見上げ、ニッと笑ったあとに櫻内が、長く出した舌で高沢の乳首を舐《な》め上げる。

「ん……っ」

ぞわ、とした刺激が背筋を上り、またも声を上げそうになったのを堪えた高沢の頭に、もう一人の自分の声が響いた。

我慢の必要はあるのか。櫻内は声を求めているのだし、お前も快楽に導かれるがままの声を上げたいと、深層心理では願っているんじゃないのか。

「……っ」

それは——ない。と、幻のもう一人の自分に対し、高沢は否定の言葉を投げつけた。

そんな願望はない。だが、『してもいい』程度のことは考えていたかもしれない。そうすることによって、櫻内が喜ぶというのであれば、自分は喜んで——。

「……ちが……っ」

己の思考を遮るべく、否定の言葉を口にした高沢は、櫻内から問いかけられ、はっと我に返った。

「何が違うと？」

「……あ……」

己の胸から顔を上げた櫻内が、真っ直ぐに瞳を見つめてくる。煌《きら》めく瞳に見据えられ、声を失う高沢に櫻内は、ふっと微笑むと、再び胸に顔を埋めてきた。

「ん……っ……んふ……っ」

乳首を舐め上げられたあとに強く吸われる。もう片方をきつく抓り上げてきたその感触を受け、高沢の口からは再度堪えきれない声が漏れ始めてしまっていた。

否——堪えようと思えば堪えられたかもしれない。だが自分は敢《あ》えてそうしなかった。理由は勿論、わかっている。櫻内がそれを求めたからだ。

媚《こ》びている。この上なく媚びている。嫌われたくないという思いから、櫻内の望みを受け入れようとしている。

アイデンティティはどうした。動揺する間にも櫻内の唇も、そして指先の動きもひとときとして止まず、高沢の欲情を煽《あお》り続けている。

「や……っ……あ……っ……あ……っ」

既に声は堪えようにも堪えきれなくなっていた。そのことに心のどこかで安堵《あんど》している己の欺瞞を厭《いと》いつつ、高沢は櫻内の行為にただ身を委ねていった。

櫻内の唇が胸から腹を滑り、勃《た》ちかけた雄へと辿り着く。両脚を開かされた状態で下肢に顔を埋められ、雄をすっぽりと口に含まれた。

「やぁ……っ」

熱い口内を感じた直後、先端に舌が絡みつく。いつもながらの巧みすぎる口淫《こういん》に、高沢の雄は一気に勃ち上がり、今にも爆発しそうになっていた。

「あっ……あぁ……っ……あ……っ……あっ……」

根元をしっかり握られたまま、最も敏感な竿《さお》の先のくびれた部分を舐り回される。先走りの液が滲《にじ》んできた先端を硬くした舌先でぐりぐりと割られ、音を立てて透明な液をすすられてはもう、我慢できない、と高沢は大きく背を仰《の》け反《ぞ》らせた。

「あぁ……っ……もう……っ……もう……っ……」

達してしまう、と、首を激しく横に振る。と、浮いた腰の下、櫻内の手が差し入れられたと思うと、すぐ、ずぶ、と後孔に繊細な指が挿入されてきた。

「ん……っ」

乾いた痛みに一瞬だけ高沢の身体が強張る。だが櫻内の指がやや強引な所作で、ぐる、と中を抉《えぐ》ると、すぐさまそこは教え込まれた快感を思い出したようで、ひくり、と蠢《うごめ》き痛みを遠ざけていった。

「あ……っ……や……っ……はぁ……っ……」

間もなく内壁がひくひくと蠢《うごめ》き始め、櫻内の指にまとわりつく。いつしか二本目が挿入され、ぐいぐいと奥を掻《か》き回されるうちに、高沢の肌は先ほど以上に熱し、口から漏れる声は更に高くなっていった。

「や……っ……もう……っ……あぁ……っ……もう……っ」

前に、後ろに間断なく刺激を与えられ、次第に頭の中が真っ白になっていく。櫻内は普段から前戯には時間をかけるタイプではあるが、今日はまたことさら挿入までに時間をかけている——などということに気づく余裕が高沢にあろうはずがなく、射精を阻まれた状態で延々と攻め立てられ、押し寄せる快感の波に飲まれた結果、意識すら朦朧《もうろう》としてきてしまった。

「もう……っ……あぁ……っ……もう……っ」

後ろが壊れてしまったかのように内壁が激しく収縮している。指はいつしか三本に増えていたが、長い指先でいくらそこを抉られようとも、もどかしさしか覚えず、自然と腰が捩《よじ》れていく。

求めているものは、もっと太いもの。竿にぼこぼことした突起を持つ形状の、黒光りする力強いそれ。

そう、今まさに手の届くところにあるはずの、黒光りする立派な——。

気づかぬうちに高沢の手が、己の下肢に顔を埋めていた櫻内の髪を摑んでいた。

「またか」

櫻内が苦笑し、ようやく口から高沢の雄を離してくれる。

「……っ」

先端から、透明な液が滴り落ちる。櫻内の手の中で、ドクドクと、今にも達してしまいそうなほどに張り詰めていた雄をちらと見下ろしたあと、櫻内が輝くような笑顔で問うてきた。

「……ほしいのか?」

言いながら身体を起こし、スラックスのファスナーを、ジジ、と下げる。

「あ……っ」

まさに頭で思い描いていたものが——望みに望んでいたものが、高沢の目の前に現れる。思わず声を漏らしてしまった、その声が高沢を我に返らせ、羞恥のあまり彼は床に顔を伏せようとした。

「何を今更」

くす、と櫻内が笑いながら高沢の両脚を抱え上げる。

露わにされたそこはあからさまなほどひくついており、確かに『今更』だと、高沢はますます羞恥を覚えた。

「身体だけじゃなく、心根も素直になればいいものを」

そんな高沢の耳に、苦笑交じりの櫻内の声が響く。

「…………」

呆れている口調ではあるが、櫻内の声音はどこまでも優しく、その声に誘われ伏せていた顔を上げたとほぼ同時に、ずぶりと熱い雄の先端が高沢のそこへと挿入されてきた。

「あぁ……っ」

ざわつく狭道を一気に貫かれ、高沢の喉が仰け反る。直後に始まった力強くも激しい突き上げに、高沢の身体も意識も、すぐさま快楽の坩堝《るつぼ》へと放り込まれることとなった。

「あ……っ……あぁ……っ……あっあっあっ」

己の鼓動の音が耳鳴りのようになり、聴力が著しく低下する。遠いところで喧《やかま》しいくらいに喘ぐ、淫《みだ》らな声を自分が発しているという自覚は、既に高沢から失われていた。

ぼこりぼこりと、凹凸のある竿が内壁を擦り上げ、擦り下ろしては高沢の快感をこの上なく煽っていく。

「もう……っ……あぁ……っ……もうっ……もう……っ」

以前、櫻内から『もう』が多い、と指摘されたとおり、己の限界を訴える『もう』という単語を、早くも高沢は口にしてしまっていた。

「早いぞ」

頭の上から櫻内の、笑いを含んだ声が降ってくる。やはり遠いところから響いてくる錯覚を覚えていた高沢だったが、声音に含まれる優しさはしっかり、彼の胸に届いていた。

愛しい――快楽に喘ぎながらも、高沢の胸が熱い思いで満ちてゆく。

「あぁ……っ……あっ……あっ……あーっ」

身体も胸も、吐く息も、脳まで沸騰しそうな熱を覚えていた高沢の、いつしか閉じていた瞼《まぶた》の裏で極彩色の花火が何発も上がり、やがて頭の中が真っ白になっていった。

「あっあっあっあーっ」

喉の痛みを覚えるほど、高く啼《な》いていた高沢の頭の上でまた、くす、と笑う声がしたと同時に、抱えられていた片脚が離され、その手が高沢の雄へと向かう。

「アーッ」

張り詰めたそれを一気に扱《しご》き上げられては耐えられるわけもなく、高い声を張り上げながら高沢は達し、白濁した液を己の腹に撒き散らした。

「……っ」

射精を受け、高沢の後ろが一段と激しく収縮する。雄をきつく締め上げられた結果、櫻内も達したらしく、抑えた声が響いた直後、ずしりとした重さを中に感じ、高沢は堪らず息を漏らした。

「ん……」

充足感とも安堵感とも説明できない思いに包まれ、自然と微笑んでしまっていた高沢は、頬を掌で包まれ、うっすらと目を開いた。

「……いい顔だ」

すぐ目の前に櫻内の、黒曜石のごとく煌めく美しい瞳があった。白磁を思わす頬はうっすらと紅潮し、えもいわれぬ美しさと色香を醸し出している。

綺麗《きれい》だ——自分でも意識しないうちに高沢の手が櫻内の頬へと伸びていった。

「ん？」

櫻内が目を細め、高沢に向かって微笑む。瞳の輝きがすうっと奥へと吸い込まれていくさまをうっとりと眺めていた高沢の頬にはまた、幸福感を物語る笑みが浮かんでいた。

「……まったく……」

櫻内が苦笑しつつ、己の頬に触れようとする高沢の指を摑み、そのまま唇へと持っていく。

「……あ……」

熱い唇を指先に感じ、高沢は思わず声を漏らした。乱れていた息も整い、靄《もや》がかかったようになっていた頭の中がすっきりと晴れていく。

「………」

櫻内が微《かす》かに唇を開き、高沢の指先を口へと含む。

ぞわ、とした刺激が高沢の背筋を上り、櫻内の動作に目が釘付《くぎづ》けになった。

熱く、じっとりとした口内。指先を舐る赤い舌が形のいい唇の間から覗《のぞ》く様はあまりにエロティックだった。

ざらりとした舌の触感も、じっと己を見下ろす櫻内の視線の熱さも、高沢をたまらない気持ちにさせるには充分で、早くも火照り始めた身体を持て余した結果、目を伏せることで櫻内から視線を外そうとした。

「また、したくなったか」

高沢の昂まりはあっさりと気づかれ、くす、と笑ったあと櫻内が高沢の手を離し、両脚を

抱え上げる。

「……っ」

ずぶ、と櫻内の雄が再び高沢の中に挿入されてくる。達したばかりだというのに、先ほど同様――否、先ほど以上のかさを持つそれに力強く突き上げられ、収まりかけていた高沢の欲情には一気に火が灯《とも》ることとなった。

「あっ……あぁ……っ……あっ……あっ……あっ」

喉の痛みを一瞬覚えはしたものの、すぐに意識が欲情に塗《まみ》れ、朦朧としてくる。

思考力が落ちていなければ高沢は、己を見下ろす櫻内の瞳がいかに優しげに細められているか、白皙《はくせき》のその頬にはどれほど満足げな笑みが浮かんでいるかをその目で見ることができただろうに、今や快感の波に攫《さら》われてしまっていた彼にはとても、かなうものではなかった。

6

高沢は夢を見ていた。

彼はあまり、夢を見ない。見ているのかもしれないが、目覚めたあとに覚えていることは滅多にない。

その高沢が今、『夢を見ている』とはっきり自覚した上でその夢を客観的に眺めている。

なぜ『夢』とわかったかというと、夢の舞台はかつて刑事の頃によく行った高田馬場の居酒屋であり、その登場人物は刑事の自分と、若きキャリア、西村《にしむら》の二人であったためだった。

最後に見た西村はもとキャリアとは思えぬようなしょぼくれた外見をしていた。が、夢の中の彼は、将来警察組織を背負って立つのでは、と噂《うわさ》されていた頃の、いかにもエリートといった仕立てのいいダークスーツを身にまとっていた。

髪型はかっちりと整い、髭《ひげ》も綺麗に当たっている。なにより笑顔が爽やかで、こんな時代もあったのだな、と夢の中で高沢は、親しげに談笑している自分と西村を見下ろしていた。

『今度香港に行くんだって?』

西村が白い歯を見せ、笑う。

『ああ』

頷く自分の顔を、西村が覗き込んでいる。

『俺もこの間行ったばかりだ。お勧めのレストランを教えるよ』

『遊びに行くわけじゃないから』

呑気《のんき》だな、と思わず自分が吹き出している。

これは過去に実際あったことだろうか。警察時代、確かに一度香港には行ったことがあった。警察関係のセミナーに、同僚の代理として参加したのだが、そのとき、こんなやりとりがあったんだったか、と記憶を辿っていた高沢の前で、西村が相変わらず爽やかな笑顔のまま、やはりこれは過去の記憶などではなく『夢』だと知らしめる言葉を告げたのだった。

『そうだよな。下手したらお前も教官も、命はないからな』

『……っ』

息を呑んだのは、西村と話しているほうではなく、二人を眺めているほうの高沢だった。

『ああ。死ぬかもな。下手したら』

夢の中の自分はごく冷静にそう返し、西村を見返している。

『昔から、変わらないな。諦《あきら》めがいいというかなんというか』

西村が苦笑し、高沢の頭にぽんと手を置く。

夢の世界の二人はまだ、友好関係にあるらしい。西村は警察を辞めていないのだろうか。

未だ『警察の星』として胸を張り、生きているのだろうか。

暴力団に取り込まれることもなく、結果、自分を陥れることもない。高校時代からの友人、かつ同じ警察官として立場は違えど、世の中から犯罪を撲滅したいという願いを一つにし、同じ道を進んでいく――。

そんな人生もあった――のだろうか。

いや、ないな。

高級ブランドのスーツを身にまとっている西村の、そのスーツを買う金はどこから出ているのか。なぜ当時はそのことに疑問を覚えなかったのだろう。改めて高沢は、西村の服を、時計を、靴を見やり思わず溜《た》め息を漏らした。

『諦めがよすぎるからこそ、ヤクザのオンナになったのか?』

にこやかに笑いながら西村がそう言い、顔を伏せる。

『……だからだ』

自分が何かを答えた、その声は聞き取れなかった。だが西村の耳には届いたらしく、はっとした様子で彼が顔を上げ、高沢を睨む。

『……あ……』

西村は最早《もはや》、『エリート』の姿はしていなかった。髪は乱れ、無精髭が浮き、しわくちゃのワイシャツを安手のスーツの中に着込んでいる。

『お前の……お前のせいで俺は……っ』

血走った目で高沢を見据え、脂《やに》で黄色くなった歯を剝き出しながら西村が高沢の襟元を摑み、喚《わめ》き立てる。

俯瞰《ふかん》の位置で西村と自分を見下ろしていたはずの高沢はいつの間にか夢の中の自分と一体化していた。

アルコール臭が漂う西村の息の匂いが漂い、襟元を摑む彼の腕の力をしっかりと感じている。

『お前のせいで……っ』

西村がますます悲愴《ひそう》な顔になり、高沢の襟元を締め上げる。

俺のせいか？　俺のせいなのか？

喉を締め上げられ、息苦しさから高沢はその手を外させようと両手を伸ばして――。


「どうした」

肩を揺すぶられ、高沢ははっと目覚めた。櫻内の腕の中、快感につぐ快感に耐えられず、最後は意識を飛ばしてしまったらしい、と察したのと同時に、気絶している間に櫻内が寝室まで運んでくれたらしいこともまた察した上で、今、自分がびっしょりと寝汗をかき、はあはあと息を乱していることを自覚する。

「随分うなされていた。珍しいな」

櫻内が高沢を腕に抱き直し、長い指先でそっと髪を梳《す》いてくれる。

「……悪い……」

起こしてしまったことを詫びた高沢に櫻内は、

「気にするな」

と微笑み、額にそっと唇を押し当ててきた。

「水、飲むか？」

耳許で囁《ささや》きながら、尚も優しく高沢の髪を梳く。

「…………」

問われた途端、喉の渇きを覚えた。が、櫻内に甘えるのもどうかと思い、高沢は身体を起こすと、サイドテーブルの上にあるペットボトルに手を伸ばそうとした。

「甘えておけばいいものを」

櫻内が苦笑しつつ高沢から腕を解き、高沢が水を取りやすいよう身体を動かしてくれた。

「……どうも」

礼を言ってペットボトルを手に取り、キャップを開けてごくごくと水を飲む。櫻内の視線を感じながら水を飲んでいた高沢は、飲み終わったと同時に貸せ、というように手を出され、またも遠慮から自分で空のペットボトルをサイドテーブルに戻そうとした。

「………」

だが今回は櫻内は黙って見ていることをせず、ほぼ強引に高沢の手からペットボトルを奪い取ると、サイドテーブルにそれを放るようにして置き、高沢を抱き締めながら再びシーツの上に身体を沈めようとしてきた。

なされるがままベッドに横たわった高沢の耳許に唇を寄せ、櫻内が囁いてくる。

「夢を見たのか?」

「あ……ああ」

頷いた高沢は、だが、続く櫻内の問いには答えに詰まり、一瞬黙り込んでしまった。

「どんな夢だ?」

「………それは……」

西村の夢を見た。正直に明かしたとしても何も問題はないだろう。何せ夢である。意識して見られるものではない。

頭ではわかっているのだが、西村の名を出すことはやはり躊躇われ、高沢は咄嗟《とっさ》に嘘をつくことを選んでいた。

「覚えていない。何かこう……」

不快というか怖いというか――うなされていたことは確かなので、それらしい言葉を続けようとした高沢の頬に櫻内の手が添えられ、唇が唇に近づいてくる。

「………………」

キスをしようとしているのか、と察し、目を閉じた高沢は、いつまでも唇が落ちてこないことを不思議に思い、薄く目を開いた。

「……っ」

途端に自分をじっと見下ろしていたらしい櫻内と目が合い、いたたまれなさを覚えて目を逸らす。

「……何を隠す？」

櫻内の声に彼の感情は表れてはいなかった。が、不快でないはずはない。そうしたときに自分がどのような目に遭うか、熟知していただけに高沢は自然と身体を強張らせてしまった。

「………………」

櫻内が何かを言いかけたが、結局は何も言うことなく、高沢の唇を塞いでくる。

「ん……」

獰猛なキスを予測したが、落とされたのは、おざなりのような軽いキスで、違和感を覚えた高沢はつい、目を開いてしまった。

一瞬、櫻内とは目が合った気がしたが、櫻内は何事もなかったかのように唇を離すと高沢を胸に抱き寄せてしまった。

「………」

規則正しい呼吸の音に耳を傾ける高沢の胸に、なんとも説明しがたいもやもやとした思いが溢れてくる。

櫻内は明らかに、自分が嘘をついたことに気づいた様子だった。今までであれば当然、なぜ嘘をつくのか、真実はなんなのかと追及されただろうに、今夜はそうされることなく流されている。

不快になられること承知で、奥多摩の射撃練習場に行ったことに対しても、お咎《とが》めはなかった。『お咎め』どころか、閨《ねや》での行為はいつになく優しく思いやりに満ちたものだったように思える。

なぜだ――。考えたところで、本人に聞かないかぎり答えは出ない。普段の彼なら、早々に思考を切り上げていただろうに、なぜか今宵はそれができず、高沢は櫻内の胸の中で、眠っていないことに気づかれぬよう息まで殺しながら、答えの出ない問いを考え続けてしまったのだった。

翌朝、高沢が目覚めたときには、櫻内は既にベッドにはいなかった。浴室から響いてくるシャワーの音を聞いているうちに眠くなり、うとうとしかけたところにバスローブ姿の櫻内が登場し、まどろみかけていた高沢ははっと目覚めた。

「おはよう」

櫻内がニッと笑いかけてくる。

「……おはよう……ございます」

朝の挨拶を交わし、自分もシャワーを浴びに行こうとしたところ、櫻内に腕を摑まれ胸に抱き寄せられる。

「ん……っ」

キスで唇を塞がれたときに、櫻内の前髪から落ちた水滴が高沢の顔に落ちた。冷たい、と反射的に身体を引きかけた高沢の腰をぐっと抱き寄せ、尚も深く口づけてきた櫻内はいつもの彼、そのものだった。

なんとなく安堵を覚えながら、高沢もまた櫻内とのキスに没頭しかけたそのとき、

「失礼いたしやす」

ドアがノックされたと同時に開き、早乙女《さおとめ》が顔を出した直後、げっというような声を上げ、身体を引いた。

「かまわん」

キスを中断し、櫻内が朝食の用意をしにきた早乙女を振り返る。

「は、はあ……」

濡れ場といわれる場面に早乙女が遭遇することは勿論、初めてではない。初めてどころか頻繁にあることなのだが、だからといって羞恥を覚えないでいられるものでもなく、高沢は櫻内の腕から逃れ上掛けを被ろうとした。

「何をしている。朝食だぞ」

だが次の瞬間には櫻内の腕が伸び、上掛けを剝《は》がされてしまった。

「ほら」

ベッドの上にあった櫻内のガウンを手渡される。

「……ありがとうございます」

早乙女のあとにもう一人、テーブルの仕度を調えるために早乙女の舎弟、蘭丸が入ってきたので、高沢は丁寧な口調で櫻内に礼を言った。

「気持ちが悪い」

櫻内が馬鹿にしたように笑うと、高沢が手にしていたガウンを再び取り上げ、投げつけてくる。

「…………」

余所余所《よそよそ》しい、と言いたいのだろうが、仕方がないだろう、と高沢は思わず櫻内を睨んだ。

「そうこなくては」

だがそれは櫻内の狙いでもあったらしく、満足そうに笑うと、高沢の頬を軽く叩き、先にテーブルへと向かっていった。

高沢も早乙女や蘭丸に背を向けてガウンを羽織り、朝食のテーブルへとついた。

蘭丸が朝食の仕度に参加したのは初めてだった。いつもはたいてい早乙女が一人で作業するのだが、なぜ今日に限って、と疑問に思っているのが顔に出たらしい。蘭丸が高沢に話しかけようとする。

「し、失礼いたしやすっ！」

察した早乙女が蘭丸の腕を引き、注意を自分へと向けることで黙らせると、

「あ、兄貴」

と不満そうな声を上げる蘭丸を引き摺《ず》るようにし、部屋を出ていった。

「なんだ、また若いツバメを手懐《なず》けたのか」

櫻内が毎朝のメニューである分厚いステーキにナイフを入れつつ高沢を揶揄《やゆ》してくる。

「そんなんじゃない。昨日、銃を教えただけだ」

室内が二人だけになったので高沢は丁寧語をやめ、事情を話した。揶揄に紛れる櫻内の本音を感じ取ったため、『ツバメではない』ということを表明しておこうと思ったのである。

「銃をね」

しかしどうやら逆効果だったようで、その後、会話は途絶えた。沈黙の理由を考えた結果、練習場に行ったことか、とようやく悟り、高沢もまた口を閉ざす。

やがて食事が終わると、櫻内は席を立ち、同じく席を立った高沢に笑顔で問いかけてきた。

「今日はどうする？」

「え？」

意味を解するために、一瞬の時間を要した。

「出かけるのなら、早乙女を連れていけ」

だが櫻内にそう言われたことで、要は射撃練習場には行くなということかと察することができたのだった。

「今日は家にいる」

なのでそう答えると櫻内は一瞬、何かを言いかけたがすぐ、白皙の美しい顔に笑みを浮かべ頷いてみせた。

「そうか」

満足そうな表情で頷く櫻内を前にする高沢の胸に、なんともいえない思いが膨らんでくる。

「どうした？」

自分自身にも説明のできない心情であるので説明のしようがない、と高沢はただ、首を横に振った。

「なんだ」

それを櫻内は、高沢が何か言いよどんでいると勘違いしたらしく、眉間に縦皺を刻み、再度問いかけてきた。

「……なんでもない。本当に」

嘘はついていない。ただ、胸の中がもやもやとしているだけで。なので高沢はそう答えたのだが、櫻内は眉間に縦皺を刻んだまま、ふいと高沢から目を逸らせ、着替えに向かった。

服を着ている間、櫻内は無言だった。どうやら機嫌を損ねたらしいと察しはしたものの、理由はさっぱりわからない。

何か言ったほうがいいのか。しかし何を言えばいいのか。隠し事をされていると思われたのか。何も隠していないというのに。

胸の中にあることをすべて明かせ、ということか。それなら、と高沢は、

「行ってくる」

櫻内が微笑み、高沢に頷いたあとに部屋を出ようとする。その背に高沢は、今胸にある思いを口に出してみた。

「いつ、ボディガードに復帰できる？」

「は？」

櫻内が足を止め、肩越しに高沢を振り返る。

「ボディガードとして復帰したい。一日も早く」

今まで、何度も主張してきた言葉なだけに、それが櫻内の心情を逆撫《さかな》でするものだということは当然わかっていたはずだった。言ったあとに、しまった、と息を呑んだ高沢を、櫻内は一瞥《いちべつ》しただけで何も言わず、部屋を出ていってしまった。

『お見送り』は、高沢は免除されていた。部屋で見送ることで今まですませていたのだが、櫻内を不機嫌な状態なまま送り出すのはどうかと思い、高沢は素早く服を着込むと、組員たちの『お見送り』に参加するべく、階段を駆け下り玄関に走った。

「おい？」

高沢が姿を現すと、組員たちは一斉にざわついた。早乙女が慌てた様子で駆け寄ってくる。

「どうしたよ」

「いや……」

理由は特に、と言おうとしたところで櫻内が玄関のドアを出ていく。

「いってらっしゃいませ」

玄関にずらりと並んだ組員たちが皆して頭を下げ、櫻内を見送る。

「いってらっしゃいませ」

彼らに倣い、高沢も頭を下げて櫻内を見送った。が、櫻内は高沢を一瞥もせず、ドアを出ていってしまった。

機嫌は悪いままか。思わず溜め息を漏らした高沢に、早乙女が問いかけてくる。

「どうしたよ。部屋で見送ることになってんだろ？」

「…………ちょっとな」

機嫌を損ねたことが気になったから――と正直に言うのは憚《はばか》られ、言葉を濁した高沢に、横から蘭丸が興奮した様子で声をかけてきた。

「高沢さん、本当に組長の愛人なんですねーっ……って、いてっ」

喋《しゃべ》り終わらないうちに早乙女に頭を叩《たた》かれ、蘭丸が悲鳴を上げる。

「兄貴ぃ、殴るなんて酷《ひど》いじゃないっすか」

「うるせえんだよ。さあ、ちゃっちゃと持ち場に戻れ」

もう一発、全力で蘭丸の頭を叩き、早乙女はそう言うと、高沢に対し声を潜めこんなことを言ってきた。

「いいから早く部屋に戻れ。色っぽい顔晒《さら》してんじゃねえよ」

「……え？」

意味がわからない。本人、その自覚はなかったが、高沢は、ぽかんと口を開け早乙女を見上げていた。

「だ、だから、そんな顔するんじゃねえって」

「顔？」

意味がわからない。首を傾げる高沢の背を、早乙女が部屋に戻るよう促してくる。

「『お見送り』に参加しようだなんて、どういう風の吹き流しだよ」

「それを言うなら『吹き回し』だ」

わかって言っているのか、それとも天然か。わからないながらも高沢はきっちりと突っ込んだあとに、気になっていたことを問うてみることにした。

「やっぱり組員たちは俺に反感を覚えてるってことか」

「……反感……ならまだいいんだけどな」

「え？」

意味がわからない。問い返した高沢を見返す早乙女の頰は、ゆでだこのように真っ赤だった。

「なんかあんたさあ、最近、みょーに色っぽいんだよ」

「は？」

ますます意味がわからず、戸惑いの声を上げた高沢の横から、まだ『持ち場』に戻っていなかった蘭丸が興奮した声を上げてくる。

「わかります！　組長と一緒にいるときの高沢さん、色っぽいっす！　ドキドキしちまいますよう！　それにしてもほんと、高沢さんは組長の愛人なんですねえ」

「……え？」

ますます意味がわからない。戸惑いの声を上げた高沢の背中を強引に促しつつ、早乙女が歩き始める。

「とっとと部屋に戻れや。これ以上問題増やさないでくれ」

「これ以上って？」

『これ』とはなんなのだ、と問いかけたが、早乙女から答えは得られなかった。

「ともあれ、早く部屋に戻れよ」

そう言い、早乙女が乱暴に高沢の背を促す。

「問題ってなんなんだ？」

問いかけてもやはり早乙女からの答えは得られず、高沢は疑問を覚えつつも早乙女に導かれるがまま、自室へと戻った。

「なあ」

部屋に入ったあと、高沢は早乙女に改めて問いかけた。

「俺の存在自体が問題と、そういうことか？」

高沢の問いに関し、早乙女が呆れ果てた声を上げた。

「そこまで鈍いとわざとじゃねえかと思えてくるぜ」

「わざと？」

何を言われているのかまったく理解できず、問い返した高沢に、早乙女が苛《いら》ついた様子で答えを返す。

「早い話、組長の機嫌が悪くなんだよ。組員があんたにその……色目を使うと。だから気を付けろってことだ。これでわかったか？」

「……色目……」

そんな目で見られている自覚は、高沢にはなかった。だが、

「さっきも蘭丸に言われたろ？　色っぽいって」

駄目押し、とばかりに早乙女にそう続けられては、納得できないながらも頷くしかなくなった。

「今だって、さも『今まで抱かれてました』みたいな様子で来るもんだから、皆、ちらちら見てたじゃねえか。ただでさえそうよくなかった組長の機嫌が更に悪くなったのに、まさか気づかなかったわけじゃねえよな？　無視されてたもんな？」

「…………ああ……」

確かに無視はされた。高沢が素直に頷いたことが早乙女の気をよくしたらしく、それまでは言いづらかったのか喋らずにいたことを饒舌《じょうぜつ》に話し始めた。

「そもそも組員たちがあんたをそういう目で見るようになったのは、地下で真っ裸で鎖に繋がれてた、あの一件があったからみたいだぜ。なんつーんだっけ、あの、カポっていう金属のアレ……ああ、貞操帯か。そんなエロいもんまで嵌《は》められてたっていうじゃねえか」

「………」

あまり思い出したくないことを持ち出され、高沢の顔が強張る。早乙女はすっかり調子に乗っていてそのことに気づかず、べらべらと話し続けた。

「あんたんところに食事届ける当番だった組員の口から噂が広がってよ、一目見たいって、当番争奪になったって話、あんたの耳には入ってねえか？」

「………もういい」

聞いているのに耐えられず、早乙女の話を遮った高沢の顔は、彼にしては珍しく、はっきりと不快感が露わになっていた。

さすがに早乙女も気づいたらしく、バツの悪そうな顔になり、

「まあ、そういうことだからよ」

と言葉を残し、部屋を出ていった。

「………」

一人になった高沢の口から、思わず溜め息が漏れる。が、すぐに彼は、こんなことで溜め息をつくとは女々しすぎると反省し、唇を噛みしめ、再度漏れそうになった溜め息を堪えた。

早乙女は嘘は言っていないだろうが、組員たちが自分に性的な興味を抱いているとは、高沢には到底信じられなかった。この家で暮らし始めた当初、別棟に住み込んでいる組員たちからは、反感を抱かれていることがひしひしと伝わってきたものだが、性的興味については

まったく、抱かれている実感がない。

だいたいこの顔のどこに、と高沢は部屋の奥にある姿見へと視線を向けた。櫻内が着替えるときに使うそれに、己の姿を映してみる。

起床後すぐ、食卓につかされたこともあり、まだ顔も洗っていなかったことに、今更高沢は気づいた。髪もボサボサで、この顔のどこが色っぽいんだか、と高沢は首を傾げつつ、シャワーを浴びに浴室へと向かう。

今日もまた、やることのない一日が始まる。またも溜め息を漏らしそうになるのを唇を引き結ぶことで堪えた高沢の脳裏にはそのとき、優しさしか感じられなかった昨夜の櫻内の声音が、己の髪を梳く繊細な指先が蘇《よみがえ》っていた。

7

櫻内に『家にいる』と言った手前、一日家で過ごすことを決めた高沢だったが、することもないため昼前にはもう、退屈してしまっていた。

早乙女の言葉を気にしたわけでもないが、屋敷内を歩き周れば組員たちと顔も合わせるだろうから、部屋を出ることも憚られる。

櫻内の本棚にある本を読んだり、パソコンでネットを見たりして昼食まではなんとか部屋で過ごしたものの、午後、何をしようかと考え、銃を撃つことにした。

地下の練習場は櫻内と高沢以外の出入りは認められていないと、以前、早乙女から聞いたのを思い出したのである。

地下練習場の鍵を手に、部屋を出て階段へと向かう。高沢はエレベーターより階段を好んだが、途中、二人の若い組員と擦れ違い会釈を交わしたことで、今後はエレベーターを選ぶべきか、と考えざるを得なくなった。

エレベーターは櫻内が常に呼べるようにという配慮から、たとえ櫻内本人が不在であっても組員たちはあまり利用しないらしいと気づいたためである。

練習場の扉を開き、念のため、と施錠する。部屋の換気はできているはずだが、昨夜、ここで櫻内に何度もいかされたせいか、空気が淀んでいるように感じ、高沢は頭を軽く振って、脳内に浮かんだ昨夜の映像を振り落とそうとした。

『記憶の上書き』か——銃を選ぶ高沢の耳に、櫻内が告げた言葉が蘇る。

優しく抱くことが、鎖で繋がれていた屈辱感を払拭するのに役立つと、そういう意図だったのだろうが、本当に昨夜の櫻内の行為は優しかった。だからといってそう簡単に記憶や感情を『上書き』できるものではないだろうが。

そんなことを考えながら、高沢はいつものニューナンブを手に取りかけたが、ふと気が変わり、昨日、奥多摩の練習場で蘭丸が選んだ、ワルサーP38を撃ってみたくなった。

ルパン三世の銃だから、という理由には少し笑ってしまった。確かにそうだった。そういや次元大介《じげんだいすけ》の銃はなんだったか。コンバットマグナムだった記憶があるが、曖昧である。

一九四四年製の銃を手に取り、弾を装着する。操作台で的を準備したあとイヤープロテクターを耳にはめ、銃口を的へと向けた。

ダア————ン

薬莢《やっきょう》が弾けるようにして飛び出し、硝煙の匂いが立ちこめる。銃弾は的の中心を正しく撃ち抜いているようだった。

ダンダンと、弾がなくなるまで撃ち、再び弾を込め始める。

気分が昂揚しているのが自分でもわかった。射撃に集中できている。今、高沢の頭の中は真っ白で、目に映っているのは遠くにある的のみだった。

暫く撃ったあとに、いつものニューナンブに変え再び的に向かった。昨日、奥多摩で撃ったときよりも調子がよいくらいで、腕が疲れてきたなと銃を下ろした際、時計を見ると既に二時間が経過していた。

記憶は上書きされたか否かはともかく、初めてといっていいほど、ここでまともな練習ができた。

微かに痺《しび》れる右腕を左腕で摑む高沢の頰に、誰をも引きつけてやまない笑みが浮かぶ。今日の練習結果のレポートを見ると、命中率が九九パーセントを超えていた。もういつでもボディガードに復帰できる数値だ、とまた微笑んでしまいながら高沢は、これを示せば櫻内も認めてくれるのではないかと思い、Ａ４のコピー用紙に印刷したそれを丁寧に四つ折りにし、ジーンズの尻ポケットに突っ込んだ。

後片付けをし、銃を格納庫に閉まって鍵をかけてから、部屋の外に出て扉に施錠する。

「あの」

不意に背後から声をかけられ、まったく気配を感じられなかったこともあって、高沢はぎょっとし、勢いよく振り返った。

「わっ」

途端に背後で悲鳴を上げ、文字通り飛び上がったのは蘭丸で、いつの間に、と高沢は驚きつつも彼に声をかけた。

「驚かせて悪かった。何か？」

「あ……っ！　すみません！　早乙女の兄貴に様子を見て来いって言われたもんで……っ」

あわあわしながら蘭丸が答えつつ、ちら、と高沢に探るような視線を送ってくる。

「？」

なんだ、と高沢が目を見開くと、蘭丸は更にあわあわしつつ、彼が気になっていることをようやく喋り出した。

「えっとその……地下の練習場って、どんな感じなのかなと……」

「……ああ……」

練習場の扉は防音性に優れた分厚いもので、窓もないため中を見ることはできない。もしや彼は気配を殺し、ドアが開くのを待っていたのだろうか。

昨日、初めて射撃を体験し、虜になった——とか？

聞いてみようかと高沢が口を開きかけたそのとき、

「おい、蘭丸！　てめえ、どこに行ってるかと思えば……っ」

背後から早乙女の怒声が響いてきて、高沢は声のほうを振り返った。

「いや、その、兄貴が高沢さんの様子を見て来いって……」

だからここにいるのだ、と理由を説明しようとした蘭丸の頭を、近くにやってきた早乙女が力一杯殴る。

「三十分以上、前だろ、そんなの。帰ってきやがらねえとは思ってたんだが、まさかずっとここにいやがったのか？」

「えっと……その……」

蘭丸が頭をかきながら、ちら、と高沢を見る。

やはり銃を撃ちたいということなんだろう。察した高沢が本人に確かめようとしたのと同時に、早乙女がまた、蘭丸の頭を叩いた。

「いてっ」

「おい、よせ」

思わず早乙女に注意を促すと、それがまた気に入らなかったらしく、早乙女が更に強い力で蘭丸の頭を叩いた。

「おい」

何をしている、と早乙女の腕を摑むと、早乙女は高沢の手を振り払い、ぎろ、と睨んで寄越した。

「なんだ」

「蘭丸のこと、自棄《やけ》に庇《かば》うじゃねえか」

「は？」

何を言い出したのだ、と戸惑いから声を上げた高沢から、早乙女はバッと音が立つような勢いで顔を背けると、すぐさま、

「早く部屋に戻れよっ！」

と吐き捨て、踵《きびす》を返してしまった。

「……？」

何がなんだか。わけがわからなかったものの、確かめたいことがあり、高沢は早乙女のあとを追った。

「なあ」

背後から腕を摑み、足を止めさせる。

「な、なんだよっ」

振り返った早乙女の顔はゆでだこのように真っ赤だった。

「すまん、一つ確認したいんだが」

なぜそうも赤い顔を、と首を傾げつつも、聞きたいことを問うことにする。

「あの練習場、他の組員も利用しては駄目なのか？」

「駄目に決まってんだろ」

即答する早乙女に、

「本当に？」

と高沢は確認を取った。

「あんた専用って、組長に言われたろうが！」

早乙女に怒鳴《どな》られ、そういうことか、と納得したと同時に、それならば、と思いついたことを高沢はつい、口にしていた。

「……俺専用、ということは利用者は俺が決めていいのか」

「なわけあるか！　決めんのは組長だ」

呆れて言い返してきた早乙女は、はっとしたように蘭丸を振り返った。

「てめえ、妙なこと言い出したんじゃねえだろうなっ」

「へっ？　俺ですか？　まさかっ」

慌てる蘭丸に駆け寄ろうとする早乙女の腕を再び摑み、高沢が足を止めさせる。

「違う。彼は関係ない。ただ、俺一人用には勿体ないと思ったんだ」

「勿体ないって、あんた主婦かよ」

「主婦？」

思わぬ早乙女の返しに、高沢はつい大きな声を上げてしまった。

「勿体ないかどうかを判断するのは組長だぜ」

失言に気づいたのか、早乙女が吐き捨て、またも高沢の手を振り払い、その場を駆け去っていく。

「おい？」

あとを追おうとした高沢は、背後から蘭丸に、

「あの……」

おずおずと声をかけられ、彼を振り返った。

「庇ってくれてその……ありがとうございました」

「…………」

庇ったつもりはない。が、そう言うより前に蘭丸までがその場を駆け去っていったのに、高沢は唖然《あぜん》とし、その後ろ姿を目で追ってしまった。

「なんなんだ……」

二人の反応がまったく理解できない。唖然としつつも高沢は、今夜の食卓で櫻内に自分が考えていることを伝えようと心に決めていたのだった。


夕食は櫻内のリクエストで寿司となった。銀座の有名店の寿司職人を招いた食卓では射撃練習場といった、法律に反した話題を出すことは憚られ、高沢はただ寿司を食することに徹

した。

さすが有名店、というわけではないだろうが、寿司は美味だった。

「秋は秋刀魚か、やはり」

櫻内も満足したようで、寿司職人に声をかけていた。

「脂がのっていますので」

「金目も美味《おい》しかった」

「恐れ入ります」

「お前は何が気に入った？」

不意に話題を振られ、高沢ははっとしつつ、答えを返した。

「秋刀魚《さんま》も金目も美味しかったです。あとは、イカとか」

「イカも季節ものだな」

満足そうに頷く櫻内に対し、寿司職人が「ありがとうございます」と頭を下げる。

機嫌はいいようだ、と高沢は密かに安堵の息を漏らした。この分だと寿司職人が帰ったあと、練習場の話題を出すことができそうだ。

機嫌が悪いようなら、明日以降に延ばすつもりだったが、杞憂《きゆう》だったようである。そう思った高沢は、寿司職人が退室したあと、就寝前にもう少し飲みたいという櫻内の希望に沿う形で、テラスで二人して日本酒のグラスを合わせた。

「肉は勿論好きだが、たまには魚もいいだろう?」

食事中、櫻内は随分と杯を重ねていた。白皙の頬は紅潮し、瞳は酷く潤んでいる。

美しい——思わずその顔に見惚れていた高沢は、櫻内に声をかけられ、挙動不審とも思える返ししかできなかった。

「あ……ああ。美味しかった」

「お前は肉と魚、どっちが好きなんだ?」

「……どちらも」

高沢に、食べ物の好みはなかった。肉でも魚でも、食べられるものならなんでも食べる。強いて言うなら、激しすぎる行為のあとの分厚いステーキは胃に負担を覚えるくらいだ、と櫻内を見た高沢へと、その櫻内の手が伸びてくる。

「今日は何をして過ごしたんだ?」

「地下の射撃練習場で銃を撃った」

期せずして話題が自分の好む方向へと行ったことに驚きを覚えつつ、高沢はその話題に飛びついた。

「地下の練習場は別に、俺専用というわけではないだろう?」

「…………」

高沢の問いかけを聞き、櫻内の動きが一瞬止まる。

「……で？　何が言いたいんだ？」

櫻内が杯をテーブルへと下ろし、高沢に問いかけてくる。

「…………」

機嫌は――そうよくなさそうだ。自覚はしたが、今更やめることもできず、高沢は言葉を続けた。

「……組員から希望が出れば、あの部屋で射撃の指導をしたい。どうだろう」

「…………」

櫻内が言葉を選ぶように黙り込む。

「駄目か？」

問いかけた高沢の前で、櫻内は深い溜め息を漏らすと、高沢の手からグラスを取り上げ、それを一気に空けた。

「……？」

その意図は、と高沢が櫻内を見る。

「そんな希望があったのか？」

櫻内がグラスを置いたと同時に、部屋の中から早乙女が飛んできて、櫻内と高沢、二人の前に新しいグラスを置き、空のグラスと未だ半分くらい残っていた櫻内のグラスを手にさっと立ち去っていった。

「いや、まだ」

ない、と首を横に振った高沢に、櫻内が問いを重ねる。

「なぜ、お前専用の練習場を作ったのか、わかってないのか？」

「え？」

問われたその、言葉自体は理解できたが、内容についてはよくわからず、高沢は戸惑いの声を上げた。

「一人で使えばいいだろう。なぜ、シェアしたがる？」

問いの内容には触れず、櫻内が言葉を足してくる。

「シェア……というか……俺一人のため、というには設備が立派すぎるし銃も豊富すぎる」

「お前の満足がいくようにと考えて作った場所だからな。しかし『足りない』ではなく『立派すぎる』と文句が出るとは思わなかった」

櫻内が苦笑し、グラスを手に取る。お前も飲め、というように目で促され、高沢もグラスを取り上げた。

「あれはお前のものだ。好きに使えばいい」

グラスを傾けながら櫻内が歌うような口調でそう言い、高沢を見据える。

「……ありがとう」

拍子抜け——ふとそんな単語が高沢の頭に浮かんだ。

早乙女にさんざん脅かされていたため、頼みはしたものの櫻内から簡単に承諾されるとは思っていなかった。

それで一瞬、礼を言うのが遅れたのだが、高沢が頭を下げると櫻内は、苦笑としかいいようのない笑みを浮かべたあと、ぽつりとこう呟いた。

「……皮肉なものだ」

「……え？」

よく聞き取れなかったこともあり、高沢は小さく声を漏らした。

「いや、なんでもない」

櫻内がゆるりと首を横に振り、グラスを飲み干す。

「さあ、寝るか」

タンッと音を立ててグラスをテーブルへと下ろし、櫻内は立ち上がると、すっと右手を高沢へと差し出してきた。

「…………」

自分を見下ろす櫻内の瞳はきらきらと輝いており、その美しさに高沢は口を開け、見入ってしまった。

「どうした」

くす、と櫻内が目を細めて笑ったせいで、瞳の星がすうっと奥へと吸い込まれていった。

「あ……悪い」

高沢もグラスを下ろすと櫻内の手を取り、立ち上がる。

背中に回された櫻内の掌が熱い。ちらと見やった櫻内の横顔に笑みは浮かんでいたが、その目はどこか遠くを見つめているような気がして、高沢はつい、彼の顔を凝視してしまった。

「なんだ。今日はやたらと見るな」

櫻内が苦笑し、高沢へと視線を向ける。

「…………」

今、彼の目はしっかりと自分を映している。そのことに深い安堵を感じる己の心情がどこからくるものかわからず、高沢は尚も櫻内の顔を見つめた。

「見惚れたか」

櫻内が高沢の視線を真っ直ぐに受け止め微笑みかけてくる。

「……っ」

まさにそのとおりだっただけに、高沢はいたたまれない気持ちになり目を伏せた。頬に血が上ってくるのがわかる。

「なんだ、図星か」

櫻内がくす、と笑い高沢の背を促してくる。その腕に身を預ける自分自身を信じられないと思いながらも、高沢は櫻内と共にテラスから部屋へと戻りベッドに向かっていった。

「ん……」

全裸にされたあと、やはり全裸となった櫻内に唇を塞がれる。既に櫻内の雄は勃ちきり、先端から先走りの液を滴らせていた。

櫻内が身体を動かすたび、濡れたその先端が腹に当たり、高沢の堪らない気持ちを煽っていく。

櫻内の唇が己の唇から首筋へと滑りきつく吸い上げられる。チリリとした微かな痛みを覚えると同時に、いつしか閉じていた高沢の瞼の裏に、自身の身体から消えたことのない紅い吸い痕《あと》の画像が蘇った。

毎晩の行為の証。櫻内に抱かれた証拠。消える間がないがゆえにあまり意識をしていなかったが、もしこの痕が消える日が来たとしたら、自分はどう感じるだろう。

文字どおり、ぞっとした高沢の身体は、びく、と震えてしまった。

「ん？」

気づいた櫻内が顔を上げ、高沢を見下ろしてくる。

「どうした？」

「……いや……」

なんでもない、と首を横に振る高沢の手は、今、キスマークをつけられたであろう己の首筋へと向かっていた。

「痕をつけられたくないと？」

ふん、と櫻内が呟き、高沢の腕を摑んで外させる。

「却下だな」

言いながら櫻内が、尚も強く肌を吸い上げてくる。

「……っ」

痛みを覚えるほどの強さに呻《うめ》いてしまいながらも高沢は、己がいかに安堵しているかをはっきり自覚していた。

所有の証――。それを自分は欲しているというのか。櫻内の腕の中に捕らわれたままでいたいと？　今は射撃練習場となっている地下室での拉致を、実は深層心理では求めていたのか？

違う、という思いが、高沢の首を横に振らせていた。櫻内の動きが一瞬止まる。が、次の瞬間には、櫻内は何事もなかったかのように高沢の胸に顔を伏せ、乳首を強く吸い上げてきた。

「んん……っ」

もう片方を指先で摘まみ上げ、きゅっと抓り上げる。

「あぁ……っ」

快楽の波が一気に押し寄せてくるのを感じる。思考を快感に紛らわせたくて高沢は、寄せてくるその波に一刻も早く身を預けようとしていた。

時折太腿《ふともも》に当たる櫻内の熱い雄の感触を求め、脚を動かす。櫻内にはすぐに気づかれたようで、ちらと顔を上げた彼はニッと笑うと身体を起こし高沢の両脚を抱え上げた。

「や……っ」

両手で双丘を割り、露わにしたそこに顔を埋めると、舌で奥を抉ってくる。ざらりとした舌の感触に内壁が一気にざわめき、高沢は堪らず高い声を上げていた。

「あっ……あぁ……っ……あっ……あっ……」

舌と共に差し入れられた指が、更に奥を抉る。だが、あからさまなほどざわついているそこが求めているのは、指でも舌でもなく、その、と櫻内の立派な雄へと高沢の視線が引き寄せられる。

『ほしいか？』

櫻内がちらと目を上げ、その目で問うてくる。笑いを含んだ視線を受け、高沢は我知らぬうちに、大きく、そして何度も頷いていた。

「素直だな」

櫻内がふっと笑い、身体を起こす。勃ちきったそれをあてがうさまを食い入るように見つめてしまっていた高沢は、櫻内が微かに漏らした笑い声を聞き、はっと我に返った。

「そこで恥ずかしがるのがお前だな」

羞恥から目を伏せた高沢を揶揄しつつも、櫻内がぐっと腰を進めてくる。

「あっ」

一気に奥まで貫かれ、高沢の背が大きく仰け反った。その背がシーツに戻るより前に、櫻内の力強い突き上げが始まる。

「あ……っ……あぁ……っ……あっあっあっ」

頭の中で極彩色の花火が何発も上がり、鼓動が耳鳴りのように頭の中で響く。喘ぐ己の声が酷く遠いところで響いていた。

全身の血が血管をめまぐるしく巡り、性器に向かって一気に流れ込む、そんな錯覚にとらわれていた高沢の首はいやいやをするように激しく横に振られていた。

感じすぎたときの彼の癖でもあるその動きを見下ろす櫻内の顔には、実に満足げな笑みが浮かんでいるのだが、高沢には気づく余裕などない。

「あぁ……っ……もう……っ……もう……っ」

既に彼の意識は朦朧とし、声はすっかり嗄《か》れていた。勃ちきった雄の先端からは先走りの液が滴り、己の腹を濡らしている。

過ぎるほどの快楽が延々と続くことにいよいよ耐えられなくなりつつあった彼の眉間にはくっきりと縦皺が刻まれていた。

「……まったく……」

激しく高沢を突き上げているというのに、少しの息の乱れも見せない櫻内はそれを見てふっと笑うと、仕方がない、とばかりに高沢の片脚を離し、握り込んだ雄を一気に扱き上げてきた。

「アーッ」

すぐさま高沢は達し、白濁した液を櫻内の手の中に飛ばしていた。

はあはあと息を乱してはいたが、ようやく混濁した意識を取り戻しつつあった高沢の耳に、櫻内がぽつりと呟く声が届く。

「……地下に閉じ込めていたときが一番、心の平穏を保てていたとは……本当に皮肉なものだな」

今、櫻内はなんと言ったのか。切れ切れに聞こえたその言葉を再び聞こうと、高沢が視線を彼へと向ける。

櫻内も高沢を見返し、二人の視線がかっちりとぶつかった。と、櫻内はふっと笑うと、高沢の脚を抱え直し、ゆっくりと腰をぶつけてきた。

「……え……?」

まだ彼のほうは達していなかったのかと、ようやく気づいた高沢は、少し待ってほしい、と訴えようとしたのだが、そのときにはもう、櫻内の律動はリズミカル、かつ激しいものになっていた。

「はぁっ……っ……あっ……あっ……」

収まりかけた欲情の焔《ほむら》が再び高沢の体内で燃え上がる。

思いは違えど、二人してあの、地下室で鎖に繋がれ──櫻内としては『繋いで』いた日のことを思い出すとは。

思い出すというよりは、懐かしむ、といったほうが正しい気がする、と考えていられたのも最初のうちだけで、すぐに高沢の意識は快楽に紛れ、昂まったあまりに意識を飛ばしてしまうまで彼は、その身に受け止めかねるほどの大きな快感に身悶《みもだ》え、高い声を上げ続けてしまったのだった。

8

翌日、朝食の席で高沢は櫻内から、思わぬ誘いをかけられた。

「今日、奥多摩の射撃練習場に八木沼《やぎぬま》の兄貴を案内する。お前も一緒に来い」

「え?」

意外さから問い返したものの、高沢はすぐ、

「行く」

と頷き、櫻内に失笑された。

「声が弾んでいるぞ。そんなに楽しみか」

「楽しみ、というよりは……」

実際、『楽しみ』ではあった。だがそれは、行き先が射撃練習場だから、というものではなく、櫻内の外出に同行できることに対してである。

できることなら『同行者』よりはボディガードとして櫻内と行動を共にしたい。『共に』といっても横にいるわけではなく、櫻内が狙われぬよう、離れたところから護衛するというのがボディガードの仕事なのだが、それでも高沢にとってはそれは『同行』以上に櫻内との

距離を感じさせないものなのだった。

「なあ」

不興を買うかもしれないと覚悟しつつ、高沢が櫻内に問う。

「なんだ」

「ボディガードにはいつから復帰させてもらえるんだ？」

「なんだ、またそのことか」

予想通り、高沢の言葉を聞いた途端、櫻内の顔から笑みが消え、うんざりした表情が端整なその顔には浮かぶこととなった。

「早く戻りたいんだ」

できれば今日からでも、と身を乗り出し訴えかける高沢に対し、櫻内はやれやれ、というような、あからさまな溜め息をついてみせ、首を横に振った。

「もう少し、体力がついてからだ」

「体力的には問題ない」

「あるだろう。自覚がないのだとしたら、それこそ問題だ」

櫻内が呆れた口調でそう言い、じっと高沢の目を見つめてくる。

「……それは……」

高沢が言葉に詰まったのは、体力はともかく、筋力は確かに衰えている自覚があったためだった。

「ジムで身体を鍛えることから始めることだ」

櫻内が高沢に向けていた視線をすっと伏せ、ナプキンで口元を拭う。そのナプキンをテーブルの上にぱさりと置くと、彼は立ち上がった。

「仕度をしろ。なんでも兄貴は俺たちに会わせたい誰かを連れてくると言っていたからな。早めに行って迎える準備をせねば」

「え？　誰だ？」

櫻内に、ボディガードへの復帰を許されず、落ち込みかけていた高沢だったが、意外すぎる彼の言葉にはその落ち込みを忘れ、即座に問い返してしまった。

「さあ。数時間後にはわかるだろう」

櫻内はふっと笑ってそう言うと、

「仕度は早乙女に任せろ」

と言葉を残し、自分はウォークインクローゼットに向かっていった。

直後にノックと共にドアが開き、早乙女が飛び込んでくる。

「シャワー、まだだろ？　早く浴びて来い。その間にあんたの部屋でスーツ、選んどくから。ああ、渡辺がいたらなあ。そうだ、蘭丸にやらせっか。いいから！　早くシャワーを！」

早乙女に急かされ、自分の部屋へと向かう。高沢の部屋にも専用のバスルームがあり、専用のクローゼットがあるのだった。ベッド同様、浴室は櫻内の寝室に続いているところを使うことが多く、また、普段はシャツとジーンズくらいしか身につけないので、クローゼットにどのような服が揃っているのか確認することもない。

滅多に着ないというのに、中にはスーツが五十着はあり、時折入れ替えられているようである。無駄な出費だと常々高沢は感じており、櫻内に『服はいらない』と主張したことも一度や二度ではないが、櫻内は笑うだけでやはり、季節ごとに新しいスーツが届くのだった。

シャワーを浴び、バスローブを身につけ浴室を出ると、洗面所には早乙女と、彼に呼ばれたらしい蘭丸が緊張した面持ちで控えていた。

「おう、早くしろよ」

早乙女が蘭丸をど突き、蘭丸が、

「はいっ」

と声を張り上げる。

「高沢さんの髪、いじるとか、緊張しますよ」

蘭丸の声は少し上擦っていて、言葉どおり彼の緊張を物語っていた。

「す、座ってください」

用意されていた鏡の前の椅子に腰を下ろすと、ドライヤーを手にした蘭丸が高沢の髪を乾かしながら整え始めた。

「髪質、いいっすね。どうしましょう。額出したほうがいいですかね。フォーマルっぽくするんですよね？」

言いながら蘭丸が高沢の髪を梳く。

「おう。きっちりやれよ。渡辺はそりゃ、上手いことキメたもんだぜ」

早乙女が横から、やいのやいのと口を出してくる。

「わかってます。頑張ります」

早乙女には殊勝にそう返事をした蘭丸だったが、その早乙女が服選びのため席を外すと、途端に口を尖《とが》らせ愚痴《ぐち》り始めた。

「兄貴、すぐワタナべって舎弟のことを持ち出すんですけど、よっぽど『お気に』だったんですかね。料理上手だの手先が器用だの、二言目には『ワタナべはこうだった』って……なんか俺、複雑ですよ」

ドライヤーの轟音《ごうおん》の中、途切れ途切れにしか聞こえなかったが、言いたいことはだいたい高沢に伝わった。

「……お前のことも気に入っていると思うぞ」

フォローだと思われたら心外なのだが。そう考えつつ、ちょうどドライヤーをかけ終えた蘭丸を鏡越しに見つめ、そう声をかけた。

「優しいっすね、高沢さん」

やはりフォローと思われたような返しをされ、そうじゃない、と言いかけた高沢の髪に櫛《くし》を入れながら、蘭丸もまた鏡越しに高沢を熱く見つめてきた。

「………」

別に『優しい』わけではなく、事実を言っただけなのだが。そう思いながら高沢が蘭丸を見返すと、蘭丸は少し照れた顔になったものの、すぐ、自分が命じられたことに意識を集中させるべく、高沢の髪を整えていった。

「おでこ出すと、印象変わりますね」

鏡の中の高沢を見ながら、蘭丸が感心した声を上げる。

「あとは眉を整えて……髭は綺麗に当たれてますね。うん、いいんじゃないかな。てか、へえ、凄《すご》いや。男前っすね」

弾んだ声を上げ、蘭丸が鏡の中の高沢の顔を見つめてくる。

「磨けば光るっつーんですかね。やー、いいですね。これは兄貴に誉《ほ》められるな、俺。てか俺が俺を誉めたいな」

「？」

何を言っているのか。意味がわからない、と首を傾げる自分が鏡の中に映っている。

いつもとは印象が少し違うが、『磨けば光』ったとは言いがたい気がする。高沢が首を傾げたそのとき、洗面所のドアが開き早乙女が顔を出した。

「終わったか？」

「見てください、兄貴！　俺、いい働きしたと思いませんか？」

声を弾ませる蘭丸が、高沢の肩を摑み、早乙女のほうへと身体を向けさせる。

「まあまあだな」

早乙女は満足げに頷いたあと、高沢に向かい、手にしていたシャツやスーツを差し出してきた。

「早く着替えろ。組長がお待ちかねだ。すぐにも出発するってよ」

早乙女が早く早くと急かしてくる中、高沢は彼セレクトのシャツを着込み、ネクタイをしてスーツを着込んだ。

「兄貴、いいセンスしてますねえ」

様子を見ていた蘭丸が感心した声を上げる。確かにセンスはいいのだろう、と姿見の中の自分の服装に高沢が目をやったのとほぼ同時に、ノックもなく部屋のドアが開き、櫻内が入ってきた。

「遅い。行くぞ」

「も、申し訳ありやせん！」

謝罪をしたのは高沢ではなく早乙女だった。蘭丸に至っては緊張のあまり口も利けない状態らしくその場で固まってしまっている。

「……いいじゃないか」

櫻内は高沢へと歩み寄ると、頭の上からつま先までざっと見下ろしながらそう言い、早乙女と、そして蘭丸に笑顔を向けた。

「おそれいりやす！」

今回も返事をしたのは早乙女のみで、蘭丸は目に涙を一杯に溜め、その場で立ち尽くしている。

直接組長から言葉をかけられたことがなかったのだろう。蘭丸が大感激している様子を見て高沢は今更とは思いつつ、櫻内のカリスマ性をひしひしと感じていた。

その日のお供に早乙女が指名され、運転手の神部《かんべ》の運転する車の助手席に彼が、後部シートに櫻内と高沢が乗ることになった。

先導が二台、背後に二台、護衛がつく。日に日に護衛が厳重になっていくな、と察した高沢はつい、櫻内を見やってしまった。

「備えあれば憂いなし、というくらいのものだ。お前が気にすることはない」

櫻内はすぐさま高沢の思いを察したようで、くす、と笑うと腰を抱き寄せ、唇を頬へと押しあててきた。

「……よせ」

そのまま押し倒されそうになり、高沢は櫻内の胸に手をやり、身体を押し退《の》けようとした。

「大丈夫。『馬子にも衣装』を着崩させたりはしないから」

櫻内がまたくす、と笑い、高沢の頬に音を立ててキスをする。

「しかし、そうなるとヘビの生殺しだな」

高沢の頬に再び唇を押し当てながら、櫻内が楽しげな笑い声を上げる。

「…………」

熱い唇の感触を受け、高沢の胸がざわつく。今、自分が欲情を押さえ込もうとしていることに動揺しつつ、櫻内の胸を押しやった彼の、その手を櫻内が握り締めたあと己の唇へと持っていく。

「おい……っ」

指先に熱い唇の感触を得、どき、と高沢の鼓動が高鳴る。頬が熱くなっているのが自分でもわかり、そうと意識するとますます血が上ってくる。

きっと今、自分は酷く赤い顔をしているのだろう。それを見られていると思うとまた羞恥が煽られ、高沢は我ながら乱暴と思える動作で櫻内の手から己の手を引き抜いた。

「どうした?」

くすくす笑いながら櫻内が高沢の顔を、やや大仰な仕草で覗き込んでくる。

揶揄されているのがありありとわかり、思わず睨んでしまうと、櫻内はまた楽しげな笑い声を上げ、高沢の腰へと再び腕を回してきた。

機嫌がいいな。少し落ち着いてきたこともあり、ようやく高沢はいつになく櫻内が陽気であることに気づいた。

理由はやはり、八木沼だろうか。彼の来訪を受け、こうも上機嫌になっているのか。

八木沼が相手ならわからない話ではない。櫻内にとっての八木沼は、それこそ『特別』な存在である。ヤクザにとっての『兄弟杯』は血の繋がった家族以上に強い絆を結ぶものだという認識は高沢にもあったので、その『特別さ』はよくわかっていた。

だが『わかっている』ことと『受け入れられる』ことは同一ではない。わかってはいても、もやっとした思いは抱いてしまう。八木沼が櫻内に対し、『弟分』としてだけではなく、性的興味を抱いているのがあからさまであることがまた、高沢の胸にもやもやとした思いを常に湧き起こらせるのである。

嫉妬《しっと》――なのだろうか。この思いは。八木沼からはよく、そう突っ込まれ、揶揄される。櫻内がそれを面白がって見ているのもまた、高沢を苛立たせた。彼が八木沼の誘いに対し、強く拒絶しないこともまた気になってはいた。

二人の間にそういった意味での『何か』があったとも、この先あるとも考えてはいない。だが、二人を前にすると気持ちがざわつくのを抑えることができない。

やはりこれは『嫉妬』なのだろう。風間《かざま》に感じたのと同じ。自分以上に櫻内を理解し、櫻内もまた誰よりその心を理解しているであろう、強い絆を持った相手に対する。

自分のことは理解されているようにも思う。だが、自分が櫻内を理解しているかとなると、まるでそうは思えないがゆえに。

溜め息が漏れそうになり、慌てて堪えた己の腰に回った櫻内の腕に、ぐっと力が込められたのがわかり、高沢ははっとし、一人の思考の世界から立ち戻った。

「………」

反射的に視線を向けるとちょうど櫻内も高沢を見つめており、微笑んだまま、額を額に寄せてくる。

嫉妬心など、やはりお見通しということか。

心の中で呟きながら、高沢は目を閉じ、櫻内の胸に身体を預けた。その胸の中には果たしてどのような思いが渦巻いているのか。自分にはまるで理解できていないことにもどかしさを覚える高沢の脳裏には、八木沼と共に楽しげに談笑する櫻内の、自分にはあまり見せたことのない晴れやかな笑顔が蘇っていた。


射撃練習場では峰と渡辺が揃って櫻内一行を出迎えた。

「ご連絡いただいたとおりのメニューを用意しました。酒も揃えてあります」

頭を下げる峰の横では、渡辺が真っ青な顔になりより深く頭を下げていた。

櫻内に対して恐怖心を抱いていることがひしひしと伝わってくる。櫻内の視線を浴びようものなら、その場で気を失ってしまうのでは、と思えるほどの緊張のしっぷりに、同情心から高沢は声をかけそうになり、すんでのところで思いとどまった。

櫻内の前で自分が声をかけたことで、ますます渡辺は青ざめるのではと察したためである。

「ご苦労」

頷きながら櫻内は、視察するべく建物内に足を踏み入れた。

「ご案内します」

峰が慌てた様子で先に立とうとするのを、

「不要だ」

と一言で退けると、櫻内は足早に通路を進み、まずは射撃練習場へと向かった。

「銃もご用命のものを揃えてあります」

並べてある銃を手で示し、頭を下げる峰に櫻内は頷くと、そのうちの一つを手に取り的に向かって構えた。

「的も今、準備します」

「いや、いい」

櫻内は峰の言葉をまた一言で退けると、銃をもとの場所に戻し視線を峰へと向けた。

「二十二口径の銃も一応、用意してくれ」

「は」

峰は一瞬、意外そうな顔をしたが、すぐさま頭を下げ、理由を問うことはなかった。

「二十二口径？」

女性が好む銃だ。問い返したあと高沢は、もしや、と察し、櫻内に問うていた。

「八木沼組長の同行者は女性ということか？」

「さあな。兄貴は秘密主義者だ。事前に同行者を悟らせるようなことを言いはしないさ」

肩を竦め、櫻内が答える。

「まあ、可能性としては低いだろうが、これもまた、備えあれば憂いなし、だ」

櫻内は笑ってそう言うと、

「行くぞ」

と高沢に声をかけ、練習場をあとにした。

その後、櫻内は厨房と八木沼をもてなす和室、そして露天風呂を見てまわったあと、すべてに同行した峰に満足そうな笑みを向けた。

「完璧だ」

「ありがとうございます」

丁重に頭を下げた峰に対し、櫻内が珍しく軽口を叩く。

「ボディガードよりも向いているんじゃないか？」

「そうかもしれません」

峰が苦笑めいた笑みを浮かべ、またも頭を下げる。

と、そのとき、渡辺が露天風呂に駆け込んできた。

「間もなく八木沼組長が到着されるとのことです」

「そうか」

櫻内が渡辺に頷く。その瞬間、渡辺の顔が酷く強張ったことに、高沢は気づいた。

「急いでお出迎えを」

峰もまた、渡辺の変化に気づいたのか、口早にそう言い、彼をこの場から立ち去らせたあと、改めて櫻内と高沢を振り返った。

「私も向かいます」

「我々も行くさ」

櫻内が苦笑し、峰に続いて浴室を出る。エントランスへと足を速めながら高沢は、八木沼の来訪の理由を今更考えていた。

『会わせたい人』を櫻内は可能性は低いが女性かもしれないと推察した。八木沼にとっての『姐さん』的存在は、三味線の師匠である志津乃《しづの》であるということだったが、彼女を同行するのならそう伝えるだろう。

なら誰だ？　疑問を覚えつつも高沢が櫻内と共にエントランスに向かい、到着してから数分後に八木沼を乗せた車が車寄せに入ってきた。

「急にかんにんな。一刻もはよう、紹介したくてなあ」

車から降りたのは、八木沼一人ではなかった。笑顔でそう告げる彼に続き、降り立った男の姿を、高沢は思わずまじまじと見つめてしまった。

身長は百八十センチに少し欠けるくらいか。サングラスをかけているので顔立ちについてははっきりとはわからないものの、俳優のように整っていそうな雰囲気を醸し出していた。

痩せ型で猫背気味である。身に纏《まと》っているのは仕立ての良さそうなダークスーツで、必要以上に身体にフィットしているように高沢の目には映った。

「ほら、挨拶せんかい。サングラス、外して」

八木沼に促され、男がサングラスを外す。

予想通り、端整な顔をしている、とその顔を見やった高沢は、続く八木沼の言葉に驚いたあまり、思わず声を漏らしそうになった。

「紹介するわ。藤田玲央奈《ふじたれおな》。ようやく見つけた、床上手のボディガードや」

「……っ」

床上手——ということは。目を見開いた高沢を一顧だにせず、藤田という名らしい彼は櫻内に対しすっと姿勢を正したあとに頭を下げた。

「はじめまして。藤田と申します。櫻内組長にお目にかかれて光栄です」

「なんと。兄貴待望の『床上手なボディガード』ですか」

櫻内が破顔し、八木沼を見る。彼の視線が一度たりとも藤田に向かわないことに高沢は気づき、違和感から思わずその二人を代わる代わるに見てしまった。

「玲央奈、ちゃんと高沢君にも挨拶せんかい」

八木沼が苦笑しつつ、藤田の背を抱くようにし、高沢へと視線を向ける。

「え？　彼が？」

藤田が驚いた顔になったが、すぐさま高沢に対し、深く頭を下げてきた。

「失礼いたしました。藤田と申します。お見知りおきを」

「……はじめまして。高沢です」

高沢もまた、より深く頭を下げ返すと、その横から櫻内がようやく視線を藤田へと向け、笑顔で口を開いた。

「よろしく。あとで銃のお手並みを見せていただけますか？」

「私に敬語は不要です。お望みでしたら今この瞬間にも、お見せいたしましょう」

藤田はそう言うと、ちら、と高沢を見やり、言葉を続けた。

「なんなら、高沢さんと競ってみましょうか。高沢さんさえよければ」

「え？」

いきなり好戦的な態度をとられ、高沢は戸惑いの声を上げた。

「かんにんな。玲央奈はあんさんにやたらとライバル心を持っとるみたいなんや」

「……組長……」

途端に、藤田が媚びた目を八木沼に向けるのを、高沢は半ば呆れ、半ば感心して見つめていた。

「銃の腕前にはえらい自信があるようでな。まあワシの見たところ、腕は高沢君のほうが上や、思うんやけどな」

「そういうことを言うから、対抗心を持たれるんでしょうに」

横から声をかけたのは櫻内だった。

「あっはっは、策略や、策略。嫉妬で愛情を深めとるだけや」

笑い飛ばす八木沼に、櫻内が苦笑で応える。

「さ、いこか」

八木沼に急かされ、一行は射撃練習場へと向かうこととなった。

「何を撃たれますか？」

峰が丁重に藤田に問う。藤田はちらと高沢を見やったあと、すぐに視線を峰へと戻し笑顔でこう告げたのだった。

「ニューナンブを」

「…………」

自分の普段持つ銃がニューナンブと知っての選択、ということだろう。察した高沢は、どうしたらいいのかと一瞬迷った。が、同じ銃を避けるのも不自然かと思い直し、峰がすっと用意したもう一丁のニューナンブを手に取る。

「どうぞ」

峰が藤田に、渡辺が高沢にイヤープロテクターを差し出してくる。

「ありがとう」

ようやく間近で顔を見られた、と高沢は渡辺に視線を向けた。渡辺もまた高沢を見たが、プロテクターを手渡すとすぐに目を伏せ、すっと下がってしまった。

「ワシらは横の管理室から見させてもらうわ」

八木沼が二人に声をかけ、防音扉で仕切られた隣接する管理室へと峰の先導で進む。櫻内もまた八木沼に続くのを見るとはなしに見つめていた高沢は、横から藤田に声をかけられ、意識と共に視線を彼へと向けた。

「お気づきかと思いますが、八木沼組長はあなたに夢中で、先ほども揶揄されましたが常々、嫉妬を覚えておりました」

「いや、それは……」

八木沼が本気であるわけがない。否定しかけた高沢は藤田に苦笑され、自分こそがからかわれたのかと気づいた。

本気にするとは笑止千万。そう言いたそうな彼の意図はもしや、勝負をしかけてきた射撃の前に、自分の動揺を誘うことだろうか。

何がなんでも勝って、雇い主である八木沼にいいところを見せたいと、そういうことか、と高沢が察したのがわかったのだろう、

「撃ちますか」

そのとおり、というように藤田はニッと笑うと、的へと視線を向けた。

「先に撃ってもいいですか？」

「……ええ」

練習場は、最高十人並んで撃つことができる。『先に撃ってもいいか』とは、自分の腕を見ておけということだろう、と高沢は頷き、要請どおりに彼の撃つ姿を見ることにした。

藤田が銃を構える。癖のあるフォームだな、と高沢は、右足にやや体重をかけた姿勢で的をとらえようとしている彼の姿を見やった。

ダァーン
すぐさま一発目が発射され、続けてダンダンと数発撃たれる。

狙《ねら》おうという意思をまるで感じさせない雰囲気を醸し出してはいるが、銃弾はすべて的の中心を正確にとらえているなと高沢は感心しつつ藤田の少し猫背気味の背中を見つめていた。

「どうです？」

一息つくと藤田は高沢を振り返り、にこやかに話しかけてきた。

「見事です」

感想を口にしてから高沢は、少し上からと感じさせる表現だったか、と気づき、すぐさま言い直した。

「素晴らしい腕前ですね」

「世辞はいいですよ」

藤田は心持ちむっとしたような顔をすぐに笑顔の下に隠すと、次は高沢だ、とばかりにすっと右手を的に向かって差し出した。

「…………」

お手並み拝見ということか、と高沢は的に向かい銃を構える。

撃ちにくいと感じることはなかった。高沢にとってこうした視線を向けられることは慣れていたためもある。辞退はしたが、オリンピック選手候補に名があがったときには、射撃の練習をしていると多くの警察官が高沢を見にやってきて、今の藤田のような『お手並み拝見』という視線を向けてきた。

もともと、他人に対する関心の薄い高沢は、自分に向けられる他人の感情に対してもそう興味を抱くことはないのだった。

好意よりも圧倒的に敵意を向けられることが多い今であっても、それが射撃に影響することはない。

銃を手にした瞬間、高沢の世界からはすべてのしがらみが消え、至高の時間が訪れる。

世界には銃と自分しか存在しない。そんな時間が——。

銃を構え、的に向かう。

ダァァァン
立ち上る硝煙の匂いは今日も高沢を至福の空間に運んでくれた。

ダンダンダン、と撃ったあとに銃弾を装着しまた的に向かう。今、高沢の頭から藤田の存在は消えていた。

藤田どころか、八木沼や櫻内の存在をも忘れ、銃を撃ち続けていた高沢が我に返ったのは、通信機能もついているイヤープロテクターから峰の声が響いたときだった。

『そろそろ休憩されてはいかがでしょう、高沢さんも藤田さんも』

「…………」

違和感を覚えずにはいられない丁寧語を使われたせいで我に返ることができたと同時に高沢は、しまった、と慌ててはめ殺しのガラス窓の向こう、管理室を見やった。

『ほんま、二人とも見事なもんや』

マイクに口を寄せ、八木沼が満面の笑みを浮かべ話しかけてくる。と、背後にいた櫻内が八木沼の肩を叩き、中に入りましょうと誘ったのが身振りでわかった。

「高沢さん」

峰も含めた三人が仕切りのドアへと向かっていく間に、背後から藤田に声をかけられ高沢は彼を振り返った。

「オリンピック候補になったことがあるという噂は本当だったんですね」

やや頬を紅潮させた藤田の、高沢を見つめる目が少し潤んでいる。クールな顔に不意に色香が垣間見えたことに、高沢はらしくないことに一瞬、動揺してしまった。

『床上手のボディガード』という八木沼の言葉を思い出したためである。

「あ……」

それで返しが遅れてしまったのだが、再び口を開こうとしたとほぼ同時に、頑丈な鉄製のドアが開き、八木沼を先頭に櫻内と峰が練習場内へと入ってきた。

「思わず見惚れてもうたわ。二人ともフォームは随分ちゃうけど、ほんま、見事な腕や」

満足そうにそう告げる八木沼の横から、峰が控え目な口調で言葉を足す。

「脅威の命中率に管理室は沸いておりました」

「命中率、何パーセントでしたか？」

峰の言葉が終わらないうちに、藤田が彼に問いかける。峰は驚いたような顔をしたがすぐ、丁重に頭を下げつつ藤田の問いに答えた。

「藤田さんは九十九・九七パーセントでした。後ほどデータをプリントアウトしお渡し致します」

「九十九・九七……」

藤田が数字を繰り返し、ふっと笑う。

凄いな、と高沢は素直に感心していたのだが、その高沢に藤田が視線を向けたかと思うと、すぐさまニッと笑い、峰に問いを発した。

「高沢さんはどうだったんです？」

「………」

対抗心は未だ、彼の中で燃えているようだ、と高沢は心の中で溜め息を漏らした。

ほぼ百パーセントを叩きだした藤田に勝る数字が出るとは思えない。高沢としては藤田に対し、なんら思うところはないので、負けたとしても、まあ、仕方がない、実力差だろう、と納得することができた。

しかし、藤田のほうではそうではないらしい。なんとしてでも自分に『勝った』ということを、八木沼に示したい様子である。もしかしたら八木沼だけではなく、自分や櫻内に対しても、かもしれないが——。

そんなことをぼんやり考えていた高沢は、藤田の問いに峰が答えあぐねていることに気づかなかった。

「その……」

「どうしたんです？」

そんな峰に向かって身を乗り出し、藤田が問いを重ねる。と、そのとき横から峰に声をかけたのは、意外にも八木沼だった。

「遠慮せんかて、ほんまの数字を答えてええで」

「……え？」

その言葉を聞き、藤田が眉を顰《ひそ》めつつ八木沼を振り返る。高沢もまた、意味がわからず峰を見ると、峰は高沢にこっそり目配せしたあと、視線を藤田へと向け驚きの数字を告げたのだった。

「百パーセントです」

「な……っ」

それを聞いた藤田が絶句し、目を見開く。

「嘘ちゃうで。ワシも櫻内も、画面で見とったからな」

ほんま、さすがや、と八木沼が楽しげな笑い声を上げ、高沢へと歩み寄ってくると、バシバシと背中をどやしつけてくる。

「あれだけ撃って百とは恐れ入ったわ」

あっはっは、と高らかに笑う八木沼に対し、リアクションに困り俯いた高沢の視界の隅を、藤田の青ざめた顔が過ぎる。

悔しさの表れなのか、唇を噛んでいるその顔に一抹の違和感を覚えつつも、その違和感の正体にまでは、高沢の思考は到達せず、尚も上機嫌な八木沼に背中をど突かれ続けるうちに違和感そのものも紛れていき、記憶から消えていった。

9

その後、八木沼も銃を撃ちたいというので櫻内も交えた四人でそれぞれ好きなように的に向かい、三十分ほど撃ってから、今度は櫻内の声がけで浴室へと向かった。

高沢は遠慮しようとしたのだが、櫻内に、

「お前も汗をかいただろう」

と言われた上に、八木沼から、

「ワシら、風呂場で四Pなんぞ、考えとらんで」

と笑われては入らざるを得ず、仕方がない、と諦め脱衣を始めた。

高沢が入浴を躊躇ったのは、己の身体にこれでもかというほど残る昨夜の行為の痕を——キスマークを恥じたためだった。八木沼が揶揄をしないわけがないという高沢の予想はあたり、櫻内や八木沼に少し遅れ、浴室へと足を踏み入れるとすぐ、

「さすがやな」

登場を待ち受けていたらしい彼が笑いを含んだ声をかけてきて、高沢の頬を赤く染めさせた。

身体を洗ったあと、露天に行こうと八木沼に誘われ、四人で向かう。

「ほんまにええ眺めやなあ」

露天風呂からの景観に八木沼は感動した声を上げ、隣にいた櫻内に笑いかける。

「我々はそろそろ遠慮しましょう」

と、櫻内は八木沼に微笑み頭を下げると、高沢に、出るぞ、と目配せしてきた。

「……はい」

頷き、高沢は櫻内と共に露天を出て、内風呂に並んで身体を沈めた。

「邪魔しては悪いからな」

湯気で曇るため、露天風呂の様子がはっきりとは見えないガラスの仕切りを見やり、櫻内がくす、と笑いを漏らす。

「とはいえ……」

言葉を続けかけた櫻内だったが、ふと思い直したように首を横に振り、話題を変えてきた。

「百パーセント、狙ったのか？」

「まさか」

狙ってできるわけではない、と即答した高沢の肩に、櫻内の腕が回る。

「よせ」

ガラスの向こうには八木沼と藤田がいるというのに。櫻内の腕を逃れようとした高沢の横で、その櫻内が高く笑う。

「期待するな。何もしないさ」

「……っ」

いかにも、その気になっているかのように揶揄され、高沢の頭にカッと血が上った。

「出る」

赤い顔を見られるのがいやで、勢いにまかせ、浴槽を出ようとした高沢の腕を櫻内が摑み、強く引く。

再び浴槽へと戻らされた高沢の肩を、櫻内はまた抱くと、顔を覗き込むようにし話しかけてきた。

「冗談だ。それよりお前はどう思った？」

「え？」

何について、と問い返そうとし、すぐに藤田のことかと気づく。

「……射撃の腕は確かだ。教本無視の独自のスタイルであの命中率は凄い」

「人を撃ったことはあると思うか？」

櫻内が問いを重ねる。

先ほどの自分の発言内容は見ていれば櫻内にもわかっていただろう。聞きたいのはそんなことではなかったか、と反省を覚えさせるような新たな問いを受け、高沢は藤田の射撃のときの様子を思い起こし、どうだろう、と首を傾げた。

「断言はできない……が、ない……かもしれない」

「ほぉ」

どうやら櫻内が予測していた『答え』とは違ったらしく、興味深そうな声を上げた彼が、高沢の顔を覗き込む。

「どうしてそう思う？」

「止まった的の命中率にこだわるところが」

「はは、それはお前との『勝負』がかかっていたからだろう」

高沢の答えを聞き、櫻内がまた笑う。

「他には？」

根拠はそれだけか、と問われた高沢は、どうにも説明しづらいのだがと思いながら、答えにならない答えを告げ始めた。

「根拠としては薄い。それこそ勘というか……人を撃ったことはなさそうだった。殺したことはまず、ないと思う」

「それも勘か？」

揶揄する口調に、まあされて当然かと思いながら高沢が「ああ」と頷く。

「兄貴が言うには、もと警察官だそうだ。銃を撃つ魅力に取り付かれアメリカに渡って思う存分、撃ってきたと。帰国後、岡村組《おかむらぐみ》の二次団体の組長にボディガードとして雇われ、岡村組の射撃練習場に通ううちに八木沼の兄貴の目に止まった……という話だ」

「警察官?」

もと同業とは思わなかった。意外だな、と目を見開いた高沢の心を読んだかのように、櫻内が笑って頷いてみせる。

「警察にいたのはわずか半年で、すぐに渡米したということだったからな。『染まる』暇がなかったんだろう」

「そう……か」

なるほど、と頷いた高沢に、櫻内もまた頷き、話を続ける。

「渡米期間は十年。帰国してからは一年未満だそうだ。ボディガードとしての能力はまず、問題ないと兄貴は言うが、お前の目から見てもそう思うか?」

「射撃の腕は見てのとおり、抜群だし、問題ないとは思うが……」

身のこなしも隙がない。浴室に向かう間も、大人しく八木沼のあとに続いているふうに見せながらも、周囲に気を配っているのがよくわかった。

人を撃ったことが本当になければ、初めて撃つことになった際の反応が気になるが、撃ち損なう、という気はしない。これもまた勘に過ぎないが、と、いつしか一人の思考の世界に入り込んでいた高沢は、ぱしゃ、と顔に湯をかけられ、はっと我に返った。

「逆上《のぼ》せたか？　出るぞ」

湯に濡れた顔を手の甲で拭っている間に、櫻内が不意に顔を近づけてきて、あ、と思ったときには唇を塞がれていた。

「……っ」

抵抗する間もなく、ただ呆然《ぼうぜん》としているうちに、櫻内は唇を離し、また、パシャ、と高沢の顔に軽く湯をかけ先に浴槽を出て脱衣所へと向かっていった。

「………」

その後ろ姿を高沢はぽかんと口を開け見つめていたが、すぐ、自分も上がらねばと思い当たり、慌てて風呂を出たのだった。

脱衣場には浴衣が用意されており、既に櫻内は身に纏っていた。

「着せてやる」

高沢が帯の結び方に戸惑っていると、見かねたのか櫻内が帯を取り上げ、あわせ方から直し、着付けてくれた。

「おお、浴衣か」

その間に八木沼と藤田も風呂を上がってきた。見るとはなしに見やった先、藤田が自身の身体をタオルで軽く拭いたあとにすぐ、八木沼の着付けを手伝い始める。

器用に帯を結ぶその姿を見ていた高沢は、視線に気づいた八木沼に、

「あんたらとは逆やな」

と笑いかけられ、確かに、と思うと同時に決まりの悪さも覚えた。

「床上手の上に着付けもできるんですね。兄貴のボディガードは」

櫻内が高沢の帯を結び終え、ぽん、と背を叩いてから八木沼へと視線を向ける。

「ま、『床上手』は自己申告やけどな」

八木沼が片目を瞑《つむ》り、やはり帯を結び終えた藤田を振り返ると、

「おおきに」

と礼を言った。

藤田はその後、素早く自分も用意されていた浴衣を身につけ、談笑しつつ彼の仕度が終わるのを待っていた八木沼と櫻内に、

「お待たせしました」

と声をかけてきた。

「待っとりゃせん、さ、行こか」

八木沼が藤田に片手を上げ、座っていた椅子から立ち上がる。

「兄貴、今日、お戻りになるご予定は変更なしで？」

「ほんまは泊まりたいんやけどなあ。明日は朝一番に外せん用事が神戸であるさかい、帰らななならんのや」

「それは残念。ここは宿泊施設も備えていますので、是非兄貴にはご利用いただきたかったのですが」

「かんにんな。また、寄らしてもらうわ。露天も気に入ったさかいな。紅葉か桜の時期がよさそうやな」

「真冬の積雪の時期も、夏の青葉の時期もなかなかの眺望ですよ」

組長二人が並んで歩き、話を弾ませている。その後ろに、やはり並んで高沢と藤田は続いていたが、二人の間に会話が生まれることはなかった。

それぞれの主が話している、その邪魔になってはならないという意図はあった。が、どちらかというとそれは大義名分で、何を話していいのかまるで見当がつかないから、というのが高沢側の理由だった。

一行が向かったのは来客用の座敷で、そこには峰が控えており、皆がそれぞれ席につくと渡辺が腕を振るった料理がテーブル狭しと並ぶこととなった。

「お、浦霞《うらがすみ》か。最近のお気に入りや。ええ情報網、持っとるやないか」

櫻内が酌をするのを受け、一口飲んだ八木沼が上機嫌な声を上げる。

「しかし兄貴が念願の『床上手のボディガード』を見つけられたという情報までは入手できませなんだ」

櫻内は笑いながら八木沼からの酌を受けている。

「固く口止めしとったさかいな。まずは実物見せて驚かせよ、思うて」

ははは、と八木沼が一気に杯を空ける。そこにすかさず酒を注ぎながら櫻内は、

「しっかり、驚きました」

と微笑み、頷いてみせた。

「風呂でねだられたさかい、また高沢君と勝負させてもらえへんやろか」

八木沼も櫻内の空いた杯に酒を注ぎながら、ちら、と視線を高沢へと向ける。

「玲央奈はミーハーやさかいな。オリンピックに出たかったんやと。高沢君が候補になっておきながら辞退したいうんが許せへん、て、煩くてなあ」

「はは。ウチのはそうしたことには無頓着ですからね。敵も随分と作っていることでしょう」

なあ、と櫻内にまで視線を送られ、どういうリアクションをしていいのやら、と高沢は困り果ててただ、杯を呷《あお》った。

「なぜ、辞退されたんです？」

と、ここで藤田が不意に声を上げ、高沢を見据える。

「それは……」

候補に上ったのも事実だし、辞退したのも事実だった。

オリンピックに日本代表として出場することに対し、高沢はなんの魅力も感じなかった。

それより、日々の業務を優先させたいと思った、というのが理由だが、『出たい』と願って

いた相手にそのままそれを伝えるほど、空気の読めない男でも、また、なかったのだった。

「興味がなかったからやろ」

高沢とは比べものにならないほど空気が読める八木沼は、高沢の心理を読んだようで、自分が悪者になるべく、話をここで打ち切ろうとしてくれた。

「誰もがオリンピックに出たいいう希望を持っとるわけやない、いうこっちゃ」

「……そうですね」

八木沼にそう言われてしまっては、藤田もそれ以上は何も言えなくなったようで、溜め息交じりに返事をし、目を伏せてしまった。

その後、話は八木沼と櫻内の間でのみ繰り広げられたが、内容は殆《ほとん》ど猥談《わいだん》だった。一時間ほど経った頃、そろそろ帰るべき時間となったらしく、八木沼は櫻内に対し、

「今日はほんま、おおきに」

と酔っているために普段より大きくなった声音でそう言い、立ち上がった。

「こちらこそ。こんな辺境の地まで、ありがとうございました」

櫻内も笑顔で立ち上がり、頭を下げる。

「いや、ほんま、満足したわ。練習場にも風呂にも、この料理にも。しかも作っとるのがアイドル顔負けの可愛子ちゃんや、いうんも満足やったわ」

「兄貴は本当に、面食いですよね」

櫻内が苦笑しつつ、

「渡辺」

と部屋の隅に控えていた彼を呼び寄せた。

「渡辺です。コレのツバメ候補でした」

『コレ』と言いながら櫻内が親指を立て、示したのは高沢だった。途端に緊張に強張っていた渡辺の顔が青ざめる。

「なんや、苛めはあかんで」

八木沼は笑顔で櫻内を窘《たしな》めると、すぐに視線を渡辺へと向け、ぽんぽんとその肩を叩いた。

「ほんま、ええ腕しとるわ。ヤクザやめて店、出したほうがあんたにとっては身のためかもしれんな」

「……おそれいります……」

渡辺が消え入りそうな声でそう言い、八木沼に向かい深く頭を下げる。

「兄貴のほうが実はキツいことを言ってる気もしますけどね」

櫻内はまたも苦笑してそう言うと、改めて、

「本日は本当にありがとうございました」

と八木沼に向かい、深く頭を下げたのだった。

八木沼と藤田が乗り込んだ車の尾灯が、闇《やみ》に紛れるときまで、高沢は櫻内と峰と共に見送

った。

「今日はご苦労だったな」

櫻内が峰にねぎらいの言葉をかける。

「いえ」

峰は深く頭を下げたあと、すっと姿勢を正し櫻内に対し口を開いた。

「あの、組長」

「なんだ？」

櫻内が片方の眉を上げるようにし、問い返す。

「八木沼組長が連れてきたあの、藤田玲央奈ですが」

峰はここまで言うと、一瞬、言葉を探すようにし、口を閉ざした。

「かまわん。なんだ？」

櫻内が焦《じ》れた口調で問い返す。

「失礼しました。藤田玲央奈が少々、気になります」

「気になるというのは？　色香に迷った……というわけではなさそうだな」

櫻内が揶揄めいた口調で答えたが、彼の目が笑っていないことに高沢は気づいていた。

峰も当然気づいているようで、ごくり、と唾を飲み込んだあと、咳《せき》払いをし口を開いた。

「藤田玲央奈という名前と、あの顔が一致しないんです」

「……え……？」

疑問の声を上げたのは、櫻内ではなく高沢だった。意味がわからない、と首を傾げていたのは彼のみで、櫻内は既に峰の言いたいことを理解していた。

「『藤田玲央奈』のなりすましだというんだな？　岡村組に潜入するために」

「……！」

そういうことか、とようやく納得できた高沢の前で、峰と櫻内の会話は続いていった。

「レオナは物理学者からとったんですかね」

「女優からかもしれんぞ」

櫻内は相変わらず揶揄する口調でそう突っ込みを入れたが、すぐ、

「知っているのか、『本物』の藤田玲央奈を」

と峰に問いかけた。

「いや、ソッチは覚えてないです。俺が覚えているのは今日『藤田玲央奈』を名乗っていた男のほうで」

峰の言葉に驚きの声を上げたのは、今回も高沢だけだった。

「名乗っていた？」

「本当の名は？」

高沢の声に被せ、櫻内が冷静に問いかける。

「大塚《おおつか》……名はなんといったか……和也《かずや》だったか和人《かずと》だったか。よく射撃練習場で見かけましたよ。異常なくらい通ってた。見かねた三室《みむろ》教官が上司に注意を促したのが、確か警察を辞めるきっかけだったんじゃないかと」

「……そんなことが……」

あったとは初耳だ、と高沢は思わず峰に話しかけてしまった。

「お前は他の人間にまったく興味がなかったからな」

肩を竦めてみせたあと、峰ははっとした様子となり、大仰な動作で高沢に向かい頭を下げて寄越した。

「失礼しました。姐さんにタメ口をきくなど、百年早かった」

「…………」

櫻内の手前だからだろうが、面白がっているようにも感じられ、高沢は峰を睨んだのだが、峰の視線が高沢に戻ることはなかった。

「お前が覚えているのなら、向こうもお前を覚えている可能性があったんじゃないか？　まったく動揺していなかったが」

櫻内が淡々と峰に問いを発する。

「おそらく向こうは覚えてないいんでしょう。俺のことを」

肩を竦め、自嘲《じちょう》の笑みを浮かべた峰がまた、ちら、と高沢を見やった。

「彼の日に入っていたのは拳銃とそして……オリンピックを断った、姐さんだけだった……ということだと思います。姐さんもまた、覚えちゃないでしょうが」

「……覚えて……ない」

高沢は改めて、藤田を名乗っていた男の顔を記憶の中から呼び起こそうとした。が、何も浮かんではこなかった。

それなら、と『大塚』という名前はどうだ、と考えるも、まったく覚えがない。

それで首を横に振った高沢を見て、櫻内は、やれやれ、というように肩を竦めてみせたあと、改めて峰を見やった。

「別人を名乗る、その意図は？」

「……実は当時から疑問だったんです。大塚は本当に警察を辞めたのか、と」

「……え？」

今回もまた、意味がわからない、と眉を顰めた高沢の疑問に答えるかのような言葉を櫻内が口にする。

「なるほど。実は彼は警察の犬だという――エスだという可能性があると、そういうことなんだな」

「はい」

頷く峰を見ながらも高沢は、信じられないという驚愕を覚えていた。

エス——警察官が身分を隠し、暴力団に潜入する。都市伝説のようなものだという認識しか高沢にはなかった。

刑事の身分を隠しきることなど、できるはずがない。相手は警察に勝る情報網を持つヤクザ、しかも日本一の規模を誇る岡村組である。

誤魔化しきれるわけがない。しかし、峰の記憶によると、彼は『藤田玲央奈』ではなく『大塚』だという。

一体どういうことなのか。呆然としていた高沢の耳に、納得した感じの櫻内の声が響く。

「なるほどな。兄貴もわかっているから『お床入り』を先延ばしにしているのかもしれんな」

大きく頷く櫻内に、峰が、

「おそらくそういうことかと」

と頭を下げる。

「いや……」

と、ここで櫻内がふっと笑い、峰の肩を叩いた。

「兄貴のことだ。エスとわかった上で、自らの懐に取り込もうとしているのかもしれない」

「それは……」

峰が唖然とした表情となり、櫻内を見やる。

「ともあれ、情報が集められるようなら集めてくれ。大塚某に関することでも、『本物』の藤田玲央奈に関することでも」

櫻内はニッと笑い、そう言うと、呆然と二人のやり取りを見つめていた高沢を振り返った。

「帰るぞ」

「……あ、ああ……」

何が何やら。

これが高沢の頭に浮かんだ、正直な胸の内だった。

あの藤田が『エス』かもしれないこと。それに八木沼が気づいているのかいないのかはわからない。だが気づいていて利用しようとしているかもしれないこと。

駆け引きが高度すぎて、とても自分の立ち入れるような領域ではないように思える。

ここは口を閉ざしているしかない、と思っていた高沢の前で、峰がおずおずとした口調で櫻内に声をかけた。

「……もし、お許しがいただけるなら、三室教官に話を聞きたいのですが……教官なら、大塚のことをよく覚えてもいるでしょうし」

「……っ」

この機に乗じて三室を呼び寄せようとするとは。さすがだ、と高沢は心底感心し、峰に熱い視線を向けてしまった。気づいた峰が一瞬、照れくさそうな表情となったあとに高沢から視線を外す。

「神戸にいるのだったな……」

呟くような口調で櫻内が相槌《あいづち》を打ち、峰を真っ直ぐに見据える。

「金子《かねこ》の意識は戻ったのか？」

「いえ……このまま植物状態となる可能性が高いということでした。奇跡でも起こらない限りは」

峰の言葉を聞き、高沢は思わず声を失った。

脳裏に金子の顔が浮かぶ。

『父ではありません……っ』

思い詰めた様子で三室のことを語っていた彼。香港の金は『戸籍上の』父であるといいながらも、実の父親が三室であることを否定した彼。

その金を人質にとられ、中国マフィアの手引きをした可能性が高い彼が二度と、意識を取り戻さないかもしれないという。

自分がこれだけショックを覚えるのだ。三室の受ける衝撃はさぞ、大きなものだろう。いつしか己の胸のあたり、浴衣のあわせを摑んでしまっていた高沢は、淡々と告げられた櫻内の言葉に、我に返らざるを得なくなった。

「その件も含めて三室に連絡を取るといい。さすがの彼も『息子』の——まあ、表向きは、だが、愛人の生死については興味もあるだろう。無駄死にするために香港に向かおうとしている気持ちも萎《な》えて……」

と、ここで櫻内の視線が、真っ直ぐに高沢へと注がれ、何が起こっているのかと高沢を動揺させた。

そんな彼に向かい、ニッと笑ってみせたあと、櫻内は自嘲めいた笑みを浮かべ、言葉を続けた。

「お前を四六時中、見張る必要もなくなる。香港に無駄死にしにいくのではないかという、不安がなくなるからな」

「……っ」

まさか、気づかれていたとは。絶句する高沢に対し、やれやれ、というように溜め息をついてみせながら、櫻内がぽつりと零《こぼ》した言葉が、いつまでも高沢の胸に残ることとなった。

「……本当に……あの地下室に鎖で繋いでいたときほど、心の平穏が保たれていたことはなかった」

「………」

己を見つめる櫻内の瞳の奥に、ちろり、と何かの焔が立ち上っているのがわかる。

炎でありながら、火傷《やけど》しそうな熱ではなく、冷たさすら感じさせる青さを湛《たた》えたその光が意味するものはなんなのか。

少なくともその答えは己の中にはない。

それだけは伝わっていてほしいと切望する高沢は、己を見返す櫻内の目からその焔が消えていることを望まずにはいられないでいた。

to be continue

束縛は愛の証

皮肉なものだ、と思う。

『彼』のトラウマとなっているあの、地下で監禁していた日々こそが、俺の心の平穏が最も保たれた時期であったという事実についてだが。

物理的に己の目の届くところに閉じ込めるということが、こうも安堵感《あんどかん》を呼ぶものなのだと、『監禁』を行い初めて実感した。

トラウマがなんだ。なんなら洗脳してやろうか。

相手が彼でなければ確実にそうしていただろう。

己の思うとおりの言葉しか発しない人形。己の思うがままの動きを見せる、傀儡《かいらい》。

彼がもし、そんな『人形』となったとしたら、その魅力を失いはしないだろうか。たとえ『人形』でも愛《いと》しい気持ちは勝るか。もし、その言動が己の望むままのものに限られることになれば、より愛しく思うのではないか。

「…………ないな」

思わず苦笑してしまいながら、俺の腕の中で行為に疲れ果て、眠る彼の顔をまじまじと見下ろす。

少し、窶《やつ》れた。それはそうだろう。全裸の上、貞操帯まで装着した状態で監禁していたのだ。ごく普通の神経を持つ人間なら、耐えられなかったと思う。

しかし彼は耐え抜いた。

精神力が人一倍強いというわけではなさそうだ。弱いとはいわないが、格別強いとも思えない。

強弱、ではなく、許容範囲にあるかないか、ということか、と考え、それも違うな、と再び腕の中の『彼』を見やった。

「ん……」

何か夢でも見ているのか、抑えた声を漏らし、俺の胸に顔を寄せてくる。

無関心。

それが一番、しっくりくるような気がする。

彼にとっては関心があるのは銃だけで、人も、モノも興味の対象外にある。

それだけに、トラウマを覚えるようになるとは意外だった。大好きな銃をあれだけ取りそろえてやった練習場にも、そう足を運んでないのはやはり、監禁がトラウマになったためだろう。

意外に普通の感覚をしている。いや、以前より『普通』となったのか。

しかしもしも彼がトラウマを抱くことが予測できたとして、監禁はしなかったかと問われれば、俺の答えは否だった。

あのとき、俺は彼が耐えられようが耐えられまいが、どちらでもいいと思っていた。とはいえ、耐えられずに精神が崩壊すれば永遠に腕の中に閉じ込めておける――と、それを期待していたわけではない。

――まあ、まったく期待しなかったとはいわないが。

もしそれが実現したならきっと悔やむに違いないのに、一方では、自由意思を失った彼なら腕の中に閉じ込めておけるという、悪趣味なことこの上ない想像にほくそ笑んでいる自分がいる。

八木沼《やぎぬま》の兄貴には、俺の心の奥深くに眠る嗜好《しこう》を気づかれているようだ。この間も彼を岡村組《おかむらぐみ》の『婦人会』に放り込んでから二人で飲んだときに、やんわりと釘を刺されてしまった。

「ワシが口出すことやないけど、まだボディガードに復帰はさせてへんのやて？」

さりげなく切り出された話題に、その意図はおそらくと察し、思わず苦笑してしまった。

「危険な目に遭わせたくないのなら『姐《あね》さん』にしろと、あの会合はそういうことですか」

俺に気を遣ってくれての呼び出しだと思っていた。が、八木沼の意図は『婦人会』に彼を取り込むことだったとは。

さすが、読めない男である。しかしなぜ、そうも彼を俺の『姐さん』にさせたがるのか。単に面白がっているだけか。それとも他に理由があるのか。

興味を覚え、にやりと笑い杯を空けた彼に、そこを突っ込んでみることにした。

「どうして『姐さん』なんです？」

「そら、向いているからや」

即答し、俺が酒を注いだ杯をまた、一気に飲み干した八木沼の顔は、未《いま》だにやけたままだった。

「あれに『姐さん』は無理でしょう」

どうせ突っ込まれるに決まっていると思いつつも返した俺に、八木沼が悪戯《いたずら》っぽい視線を向けてくる。

「ほんま、独占欲の塊やなあ。誰の目にも触れさせとうない、思うとるんとちゃうか？」

「……まあ、近いですかね」

冗談めかしてはいたが、答えは本音だった。

「モテ男のあんたにはアドバイスなんぞ不要やと思うけどな」

八木沼もまた、冗談めかし、切り出してはきたが、続く言葉はかなり本気のアドバイス、もしくは注意なのだろうと予測ができた。

「なんです？　兄貴」

姿勢を正し、八木沼を見据える。

「ガチガチに周囲を固めるんは逆効果や。たまには自由にさせたらなあかん」

「メンタルがやられるから――ですか？」

だから大事にしてやれ。そう言いたいのだろうという俺の予測は、綺麗《きれい》に覆された。

「阿呆《あほう》やなぁ。ちゃうわ。作戦や、作戦」

心持ち声を潜め——といっても酔いが回っているせいで、普段より大きいくらいの声だったが——八木沼が『作戦』の中身を教えてくれる。

「ずっと束縛されまくっとったんが、急に、勝手にせえ、言われたらどない感じる思う？　飽きられたんちゃうか？　そのうち捨てられるんちゃうか……と、不安になるやろ」

「要はかけひき、ということですか」

なるほどな、と思いはしたが、それを彼に使えるかとなると疑問は残る。

自由を得た瞬間、この手の中から飛び立ってしまうのではないか。可能性としてはそちらのほうがかなり高い気がする、と思わず苦笑した俺の肩に腕を回し、ぐっと抱き寄せながら八木沼が、耳許にこう囁《ささや》いてきた。

「騙《だま》された、思うていっぺん、やってみるとええわ。心配せんでも、高沢《たかざわ》君はどこぞへ行ったりなどせえへん」

「……兄貴……」

肩に乗せられた八木沼の掌《てのひら》が熱い。酔いに乗じて、を狙っているな、とわかり、つい笑ってしまった。相変わらず、と思ったためだ。

「ワシはシャイなんや」

何を笑われたのか察したらしく、八木沼はすぐさま俺の肩を乱暴に叩き、腕を外した。

「さあ」

酒を飲むよう、酒器を差し出され、杯で受ける。

「しかし天下の櫻内《さくらうち》組長が、愛人一人の心の機微にこうも敏感になるとはほんま、不思議なもんやな」

しみじみとした口調で八木沼はそう言うと、意趣返し、とばかりに俺の目を覗き込み、にや、と笑ってみせた。

「さっきからえろう落ち着かん様子やないか。高沢君がアマゾネス軍団に苛《いじ》められとるんやないかと、心配でたまらんのやろ？」

「……違いますよ。アレは不調法なので、岡村組婦人会の皆さんに失礼な振る舞いでもしないかと、それを心配しているんです」

「さよかさよか」

俺の答えに八木沼はにやにやと笑いながら頷いていた。無理をしよって、と思っているのがありありとわかる。

「しゃあない、戻るか」

言いながら八木沼が杯を一気に空け、立ち上がる。

「申し訳ありません」

折角《せっかく》作ってくださった機会なのに、と頭を下げると八木沼は、

「ワシが勝手にやったことやからな」

気にせんでええ、と豪快に笑ってみせたのだったが――。

「……ん……」

記憶の世界に意識を飛ばしていた俺の腕の中で、高沢が小さく呻《うめ》き、目を開いた。

「水か?」

まだ寝ぼけている彼に問いかけると、こくり、と首を縦に振った。半分くらい意識のないときが一番彼は素直なようだ。

手を伸ばし、サイドテーブルに置いてあったミネラルウォーターのペットボトルを取り上げ、キャップを外す。

ぼんやりとした表情をしていた彼が、再び眠気に襲われたのか、目を閉じかけているのを横目に、水を一口、口に含むと彼に覆い被さり、唇を塞いだ。

「……っ」

口の中に水を注ぎ込まれたことで、目が覚めたのだろう。驚いたように目を見開き、俺の胸を押しやろうとする。

「飲めなかったか」

ほぼ、唇の端から水は零《こぼ》れてしまったようだ。それで問うと彼は——高沢は、うん、と頷いたあと、自分で飲む、というように身体を起こそうとした。

「飲ませてやる」

寝ていろ、と肩を押し戻し、再びペットボトルの水を口に含む。

「………」

高沢は一瞬、何かを言いかけたが、何も言うことなく覆い被さる俺を仰向けに寝たまま待っていた。

唇を塞ぎ、水を彼の口の中に注ぐ。ごくり、と喉が上下するのを確かめたあとに、今度彼の口内に舌を挿入し、頬の内側を舐《ねぶ》っていく。

「んん……っ」

またも一瞬、高沢は目を見開き、何かを言おうとした。抗うような素振りすら見せたというのに、結局は俺のくちづけを受け入れただけではなく、腕を俺の背に回してくる。

本当に——八木沼の兄貴には感謝しなければ、だな。

以前には見せなかった『甘え』を見せるようになった。これはあのときのアドバイスに従い、『囲い』を外した、その効用だろう。

経験の差というわけか。まさか束縛を解かれた彼が『不安』を覚えるようになろうとは。

俺には想像できなかったことを正しく予測してみせた八木沼に、心の中で礼を言うと俺は、しっかりと背中に腕を回してくるその力強さにますます頬が緩む思いを抱きながら、尚も深く彼に——それでもやはり、できることならこの腕の中に一生閉じ込めておきたいと願わずにはいられない彼に、より深く口づけていったのだった。

姐さん
いうたら やっぱ アレやな
「なめたら いかんぜよ」
愛しきたくらみ
～コミックバージョン～
原案:愁堂れな
作画:角田 緑
やってみ
高沢くん
ウェーイ
えっ
いや…… あの……
どうした
兄貴が今 見本を見せて くれただろうが
できるかっ!!
ぶん ぶん
「なめたら いかんぜよ」
CV 八木沼賢治

ぱ
…くらい言えるだろうに
ん？
高木さんなんやアレなんやアレ
ぷしゅ～
——後日
八木沼組長からお届け物です
姐さん 衣装や コレ着て「なめたらいかんぜよ」言うてる動画送ってくれ
待ってるで～
……
……俺か？
喪服…
やれやれ兄貴にも困ったものだ
否《いや》
な…
コクコク
…お前もか…
パタパタ
END

あとがき

はじめまして&こんにちは。愁堂れなです。

このたびは六十七冊目のルチル文庫となりました『愛しきたくらみ』をお手に取ってくださり、本当にありがとうございました。

たくらみシリーズ第三部スタートです。第一部、第二部と合算するとシリーズ八冊目となります。

こうしてシリーズを続けることができるのも、いつも応援してくださる皆様のおかげです。本当にどうもありがとうございます！

今回新章スタートということで、『婦人会参加』等のお祭り的な要素を盛り込み、派手な感じを目指してみたのですが、いかがでしたでしょうか。

皆様に少しでも楽しんでいただけましたら、これほど嬉しいことはありません。

イラストの角田緑先生、この度も本当に素敵な！　かっこいい！　美しい！　キャラクターたちをどうもありがとうございました。

今回表紙に八木沼組長がいることに狂喜乱舞した私です。

おまけ漫画も私の出したネタをああも面白くしてくださり、ありがとうございます！

お忙しい中、本書でもたくさんの幸せを本当にありがとうございました。

また、今回も大変お世話になりました担当様をはじめ、発行に携わってくださいましたすべての皆様に、この場をお借り致しまして心より御礼申し上げます。

最後に何より、この本をお手に取ってくださいました皆様に御礼申し上げます。

たくらみシリーズは熱いご感想をいただくことが多いのですが、それだけに、皆様の期待を裏切ってはいないかと、書きながらとても緊張するシリーズでもあります。

とはいえ、本当に楽しみながら書かせていただいていますので、その楽しさが皆様に伝わるといいなと祈っています。

新キャラも出てきました第三部ですが、続きは来年発行していただける予定です。よろしかったらまたどうぞ、お手に取ってみてくださいね。

ルチル文庫様からは他にも書き下ろしの文庫を発行していただける予定ですので、そちらもどうぞ宜しくお願い申し上げます。

また皆様にお目にかかれますことを、切にお祈りしています。

平成二十八年十一月吉日

愁堂れな

（公式サイト『シャインズ』http://www.r-shuhdoh.com/）

✦初出　愛しきたくらみ……………書き下ろし
束縛は愛の証………………書き下ろし

愁堂れな先生、角田緑先生へのお便り、本作品に関するご意見、ご感想などは
〒151-0051 東京都渋谷区千駄ヶ谷 4-9-7
幻冬舎コミックス　ルチル文庫「愛しきたくらみ」係まで。

幻冬舎ルチル文庫
愛しきたくらみ

2016年12月20日　第1刷発行

✦著者	愁堂れな　しゅうどう れな
✦発行人	石原正康
✦発行元	株式会社 幻冬舎コミックス 〒151-0051 東京都渋谷区千駄ヶ谷 4-9-7 電話 03(5411)6431［編集］
✦発売元	株式会社 幻冬舎 〒151-0051 東京都渋谷区千駄ヶ谷 4-9-7 電話 03(5411)6222［営業］ 振替 00120-8-767643
✦印刷・製本所	中央精版印刷株式会社

✦検印廃止

ISBN978-4-344-83876-5　C0193　Printed in Japan